Детектив-сенсация

Детектив-сенсация

Татьяна
КИРИЛЮК

СИНДРОМ МАРКИЗЫ ПОМПАДУР

Москва 2016

УДК 821.161.1-312.4
ББК 84(2Рос=Рус)6-44
К43

Кирилюк, Татьяна.

К43   Синдром маркизы Помпадур / Татьяна Кирилюк. — Москва : Издательство «Э», 2016. — 352 с. — (Детектив-сенсация).

ISBN 978-5-699-86746-2

В ближнем кругу очень красивой и просто неприлично богатой женщины появился убийца. Он убивает всех, кого она любит, потихоньку подбираясь к ней самой. Женщина стоически переносит ряд загадочных покушений на свою жизнь, но это ли заставляет ее желать мимикрировать под обычную серую мышку?.. Или за всем этим стоит какая-то страшная тайна? Модный психоаналитик Альбина Тураева берется разгадать замысловатые тайны судьбы Светланы, о которых та даже не подозревает сама. Извлекая из хитросплетений необычной жизни своей пациентки пугающую, жестокую и душераздирающую истину, Альбина теряет сон и покой. Она не понимает, кто и за что ее наказал так жестоко и вероломно...

УДК 821.161.1-312.4
ББК 84(2Рос=Рус)6-44

СОДЕРЖАНИЕ

ПРОЛОГ

Энергия победителя

*В детстве Жанна-Антуанетта
услышала предсказание, что станет
королевской фавориткой, и свято верила
в свое будущее счастье.*

В кабинет модного и очень дорогого московского психоаналитика, Альбины Тураевой, вошла роскошная женщина. Красивая. Статная. Одета от кутюр. Походка модельная. Во взгляде уверенность.

Тураева с интересом посмотрела на пациентку, подумав: «Выглядит благополучной, но ждать не захотела, пришла не по записи, прилично переплатила за экстренный прием. Какие же у нее проблемы? Что ж, сейчас узнаем. Как там ее зовут?» — заглянула она в журнал и, вежливо улыбнувшись, пригласила, указывая на диван:

— Присаживайтесь, Светлана. Можно без отчества?

— Конечно, — ответила та, принимая предложение и элегантно закидывая ногу на ногу.

— Что вас ко мне привело? — спросила Тураева, изменяя привычке: обычно она говорила «слушаю вас».

Но в этой женщине было нечто такое, что даже именитый психоаналитик, сама Альбина Тураева, почувствовала себя ничтожеством и неудачницей. Энергия победителя заполнила ее пафосный кабинет. И энергия исходила от пациентки.

— Давайте так, — взяла инициативу в руки Светлана, — я говорю — вы внимательно слушаете. Затем наоборот: вы говорите, я внимательно слушаю.

Альбина опешила, но сказала:

— Давайте.

— Проблема моя состоит в том, что я хочу стать обычной среднестатистической женщиной. Я пробовала сама решить эту проблему, но столкнулась с препятствием: понятия не имею, что такое среднестатистическая женщина. Как она думает? Как ходит? Какие у нее вкусы? Какие манеры? Чем она интересуется и живет? Меня волнует только внешняя оболочка. Менять себя я не хочу. Моя задача — вписаться в московское общество так, чтобы меня приняли и не считали белой вороной. Я уже была на актерских курсах, не помогло. Вы сможете решить эту проблему? Я хорошо заплачу.

Светлана сделала паузу и с явным ожиданием смотрела на Тураеву, но та вопреки своей воле спросила:

— Я уже могу говорить?

— Да, я вас внимательно слушаю.

Альбина смущенно призналась:

— У меня нет длинной речи. У меня только вопросы.

— Задавайте, — решительно кивнула Светлана.

— Ваши близкие, родственники и друзья не могут вам послужить моделью обычной среднестатистической женщины?

— У меня нет родственников. Близких людей у меня тоже нет. Есть подруга, но и она понятия не имеет, что такое среднестатистическая женщина.

Альбина подумала: «Такой пациентки у меня еще не было. На первый взгляд абсолютно нормальная, без признаков невротических и психических отклонений».

— Выглядите вы потрясающе молодо, — сказала она, — но в анкете написано, что вам уже сорок лет. У вас были мужья и ребенок. Выходит, вы прожили обычную женскую жизнь.

Светлана, отрицательно качнув головой, возразила:

— Все совершенно не так!

— А как? — удивилась Альбина. — Как вы прожили эту жизнь, что не знаете обычных женских повадок? Чем вы всю жизнь занимались?

Ответ потряс Тураеву и смыслом, и откровенностью.

— Я всю жизнь убивала мужчин, — буднично произнесла Светлана и, спохватившись, добавила: — Не пугайтесь, я не преступница. Я недавно лишь поняла, что они умирали не сами.

ГЛАВА I

Предательство

*Будущая маркиза искала встречи
с королем Людовиком XV
целых 20 лет.*

У Светланы никогда не было мечты. Отец ее занимал высокую должность в крупной нефтяной корпорации. Семья процветала. Любые желания дочери исполнялись мгновенно. Впрочем, Светлана всегда была умной, серьезной, рассудительной девушкой и лишнего не желала. Она ощущала себя счастливой до тех пор, пока ее мать не ушла из семьи. Произошло это неожиданно и болезненно. Юная девушка вынуждена была выбирать, с кем остаться. Она осталась с отцом, посчитав мать предательницей.

Отец души не чаял в дочурке, так он ее называл, а еще звал мышкой и солнышком, принцессой и милым цветочком. Он был нежен, заботлив, осыпал Светлану подарками. Казалось бы, год без матери Светлана прожила безоблачно и благополучно. На самом деле это было не так. У Светланы появилась мечта — заветная мечта, чтобы мама вернулась, чтобы они все помирились и зажили прежней счастливой жизнью.

Смущало одно: отец не выглядел подавленным и убитым. Он был весел, бодр, энергичен, много шутил, с работы возвращался хоть и поздно, но всегда в приподнятом настроении. Из командировок он часто звонил такой радостный, что дочери становилось обидно. Порой Светлане казалось, что у отца выросли крылья сразу же, как мать ушла из семьи. Девушка убеждала себя: «Он сильный, не хочет показывать свои слабости» — и заводить разговор о мечте не решалась.

Она откладывала разговор на день своего совершеннолетия. И этот день приближался. Желая создать обстановку родства и душевности, Светлана пошла на жертвы: отказалась от пышного праздника в кругу сверстников.

Она заранее предупредила отца:

— Это наш с тобой день. Только ты и я. И наши приятные воспоминания из моего детства.

Отец поморщился при слове «воспоминания», но ответил:

— Отлично, принцесса, это будет наш с тобой день. Я возьму выходной.

И вот этот день наступил: Светлане исполнилось восемнадцать!

Утром, открыв глаза, девушка ахнула от восхищения. Ее спальня была уставлена вазами: восемнадцать роскошных букетов! А на подушке лежали ключи от новенького «Мерседеса». Отец был щедр на подарки.

Светлана порхнула к цветам: провальсировала от лилий к розам, от роз к орхидеям, и к пионам, и к хризантемам, и к астрам... Сунув носик в каждый букет, она выбежала из комнаты и устремилась на запах кофе. На кухне отец сам колдовал над туркой в песке, но, увидев Светлану, он распахнул объятия и воскликнул:

— Принцесса моя! Поздравляю тебя! Будь счастлива, крошка! Ураа!

— Спасибо, папочка, — обнимая отца, взвизгнула от восторга Светлана. — Ты у меня самый лучший, самый любимый, самый родной! — вскрикивала она, покрывая гладко бритые щеки отца поцелуями.

Когда эмоции улеглись, она деловито спросила:

— Папуль, мы дома одни? Ты сам варишь кофе?

Он важно кивнул:

— Да, я отпустил прислугу. Одни так одни.

— Я догадалась, — захлопала в ладоши Светлана, — у тебя есть план на сегодняшний день!

Довольный отец улыбнулся:

— Да, мы отпразднуем твое совершеннолетие в стиле моей юности. Поедем за город на твоем «Мерседесе». Пока ты не получила права, за руль сяду я. Мы будем есть шашлыки и чебуреки в придорожных кафешках, запивая их «Токайским». «Токайского» там не найдется, я знаю, поэтому прикупил заранее. Потом мы пойдем гулять по лесу, кормить белок, дурачиться и беседовать. Вместе весь день. Давненько не бывало такого. Как тебе план?

— Отличный план, — обрадовалась Светлана. — И форма одежды походная.

— Точно, — кивнул отец, разливая кофе из турки по чашечкам.

Все так и было: отец уверенно вел «Мерседес», вспоминал свою молодость, расспрашивал дочь о нынешних пристрастиях молодежи. Слушал и удивлялся: «Так, значит. Вот как от жизни отстал: все работа, работа, работа».

После шашлыков и чебуреков гуляли по лесу и дурачились. Светлана зачем-то набила карманы прошлогодними шишками, отец умилился: «Как маленькая!»

Он подхватил дочь на руки и, удивленно воскликнув «тяжелая стала!», закружился с ней по освещенной солнцем поляне. Отец был нежен, искрился любовью, целовал ее носик и волосы, восхищался словечками дочки и гордился: «Какая же ты у меня красавица!»

У Светланы не хватило духа нарушить эту гармонию.

«Дома поговорю», — решила она.

Но и дома не получалось. В просторной столовой их ждал изысканно накрытый стол. Рядом на высокой подставке утопала в ведерке со льдом бутылка шампанского «Мадам Клико». После прогулки, нагуляв аппетит, уплетали за обе щеки. Отец залихватски открыл шампанское, ловко разлил его по бокалам и произнес длинный тост. Светлана рассеянно слушала, думая: «Надо набраться храбрости и начать разговор. Как начать? Попросить отца сделать еще мне подарок: помириться с мамочкой. Вот закончит тост, и сразу начну».

И опять не решилась. После ужина отец взял дочь за руку, как маленькую, отвел в гостиную, усадил на диван, сам сел рядом и, гладя ее по голове, медленно, едва ли не по слогам, сообщил:

— Вот ты и взрослая. Я рад, что между нами сохранилась душевная связь. Настало время открыть тебе правду. У тебя есть сестра. Ей четырнадцать лет. Я люблю ее мать и хочу, чтобы они жили с нами. Не могу больше разрываться на две семьи.

Светлану словно кипятком окатили. Она сбросила руку отца со своей головы и воскликнула:

— У меня есть сестра?! Ей четырнадцать лет?! Выходит, не мама, а ты! Ты предатель! Ты и эту девчонку называешь принцессой?

Отец ответил растерянно:

— Нет, я зову ее уточкой. Доченька, успокойся, — быстро пришел он в себя, — я как любил тебя, так и буду любить. Если честно, разговора боялся, но такой реакции не ожидал.

Светлана вскочила и с криком:

— Ты ждал, что я похвалю тебя за предательство? — выбежала в прихожую.

Пока она нервно надевала кроссовки, отец ее останавливал и уговаривал не горячиться. Дочь это только бесило. Она оттолкнула его и выбежала из квартиры. Она думала, что отец догонит ее, скажет, что пошутил, что на самом деле Светлана его единственная и любимая. Этого не произошло. Отец ее не догнал и даже не позвонил, не попросил вернуться домой.

ГЛАВА 2

Обманутые надежды

Жанна-Антуанетта, дочь бедных буржуа, вышла замуж за богатого мужчину лишь для того, чтобы приблизиться к кругу короля.

Ноябрьский ветер полосовал ледяными струями ливня облупившиеся стены мрачного здания, прозванного в народе домом малютки. Старый уличный фонарь с жалобным скрипом выхватывал из черной бездны хрупкий силуэт девушки. В отчаянии она металась у подъезда и яростно молотила кулачками в закрытые двери.

— Откройте! Откройте! Умоляю вас! — рыдая, кричала она.

Дверь открылась. На пороге выросла женщина с заспанным сердитым лицом. Она с головы до ног смерила незнакомку неприветливым взглядом и, задержавшись на ветхом плащике и стоптанных туфельках, ворчливо спросила:

— Чё надо?

— Дочку, дочку хочу забрать! — умоляюще воскликнула девушка.

— А другого времени не нашла? Утром приходи, — отрезала женщина, собираясь уйти.

Девушка неистово вцепилась в затертую ручку двери и с надрывом закричала:

— Миленькая, помоги! Утром поздно будет! Утром ее отправят, я же, дура, бумаги уже подписала!

— Тем более. Раз дура, раз подписала, так нечего здесь и вопить. Раньше надо было думать, — возмущенно отчеканила женщина и грубо оттолкнула несчастную, решительно закрыв дверь приюта.

Девушка отлетела, упала и по ступенькам скатилась на мокрый асфальт. Визг тормозов вынырнувшего из темноты «жигуленка» заглушил и раскаты грома, и предсмертный стон девушки. Ранним утром ее холодное безжизненное тело нашли у порога дома малютки.

Дочку, которую несчастная хотела забрать, отправили к новым родителям.

* * *

Спустя три года в Америке.

В дверях холла показалась радостная Сесиль.

— Ге-енри, а вот и я! — воскликнула она и, раскинув руки, закружила по комнате, грациозно огибая кадки с пальмами и ритмично постукивая каблучками по мраморному полу.

Муж с молчаливым удовольствием смотрел на вальсирующую жену.

— Как я выгляжу, Генри? Ты не разлюбил меня? Ты счастлив? — сыпала она вопросами.

Не получив ответов, Сесиль упала в объятия мужа и рассмеялась:

— Вижу, что разлюбил!

— Дорогая, какие глупости ты говоришь, — с нежным укором сказал Генри, не отводя от жены влюбленного взгляда. — Я счастлив и обожаю тебя, но мы уже рискуем опоздать.

Сесиль капризно наморщила носик.

— Ты не оценил, как я выгляжу, — проказливо топнула ножкой она.

— Выглядишь, как всегда, потрясающе.

— Чем же ты недоволен?

Генри помялся, но все же удовлетворил любопытство жены:

— Не обижайся, дорогая, но мы направляемся в монастырь ордена кармелиток, а не в ресторан. Боюсь, сестра Мария сочтет твой наряд легкомысленным.

— И чем это нам грозит? — с иронией осведомилась Сесиль.

— Это заставит ее усомниться, можно ли такой несерьезной особе доверить ребенка, — рассудительно ответил Генри.

Сесиль нахмурилась:

— Милый, ты прав, я сглупила. Но ты же не осуждаешь меня?

— Ни в коем случае, — заверил он.

— Я всего лишь хотела, чтобы наш будущий ребенок увидел свою мамочку нарядной и красивой, — продолжала оправдываться Сесиль.

— Дорогая, понимаю, но советую тебе поспешить переодеться, пока мы не опоздали. Думаю, в английском костюме ты будешь выглядеть очаровательной даже для кармелиток.

Шестидесятилетний Генрих Доферти был очень богат, но двадцатилетняя красавица Сесиль вышла за него замуж вовсе не по расчету. Сесиль любила мужа со всем пылом своей юной души. Огромная разница в возрасте не мешала их счастью, а вот отсутствие детей огорчало Сесиль. Она была из бедной многодетной семьи, привыкла к щебету младших сестер и братьев. Тишина пугала и удручала Сесиль. Она мечтала наполнить их большой и просторный дом весельем и детским смехом.

Генрих Доферти в свои шестьдесят был еще крепким мужчиной, но рассчитывать на потомство, увы, он не мог. Берта, первая жена, родила Доферти сына. Мальчик трагически погиб, когда ему было семнадцать. Берта не пережила смерти сына. Она слегла и, несмотря на усилия докторов, умерла.

Овдовев, Доферти ощутил болезненное одиночество. В браке с Бертой он жил увлекательной жизнью: бизнес, клубы, охота и прочие развлечения. Смерть Берты осиротила его: мигом пропал интерес к бизнесу, клубам, охоте... Мысли крутились вокруг одинокой старости и бесцельности существования. Генрих долго и безрезультатно лечился в дорогих клиниках от депрессии и мечтал лишь о смерти. Так продолжалось до тех пор, пока он не встретил Сесиль. Его сиделка не выдержала капризов Генри и отказалась от пациента. Доктор нашел жизнерадостную Сесиль, переманил ее у зловредной старухи, подумав: «Если эта девушка ладит с несносной ведьмой, то и Доферти она угодит».

Так Сесиль появилась в жизни Генри. Она быстро вернула Доферти к жизни. Более того, он влюбился в свою спасительницу, юную смешливую красавицу. Сесиль же любила и холила Генри, как мать своего ребенка. Вскоре они поженились.

Одиночество покинуло Генриха, а вот мысли об отсутствии наследника и бесцельности существования нет. Поэтому Сесиль не составило труда уговорить мужа взять на воспитание ребенка. Вот что привело их в монастырь кармелиток.

* * *

Супругов проводили в кабинет монахини, исполняющей обязанности опекуна вверенных монастырю сирот. Сестра Мария вопреки ожиданиям Сесиль оказалась вовсе не напыщенной ханжой, а милой улыбчивой женщиной. Однако встретила она чету Доферти не слишком приятными вопросами.

— Как давно вы приняли решение усыновить ребенка? — спросила она, рассматривая бумаги, дающие право на усыновление.

Генрих собрался ответить, но Сесиль опередила его.

— Как только решили, так сразу же и принялись оформлять документы, — защебетала она. — Видите ли, мы и года еще не женаты...

Монахиня удивленно подняла брови.

— И вам удалось получить разрешение?

— Это из-за возраста Генри. Комиссия пришла к выводу, что мой муж имеет право на исключение. Посудите сами: о каких испытательных сроках может идти речь, когда человеку шестьдесят лет.

— Шестьдесят лет! — ужаснулась сестра Мария. — Мистер Доферти, вы уверены в прочности вашего брака? И простите меня за бестактность, но я вынуждена задать и такой вопрос: вы не подумали о том, что усыновленный ребенок в любой момент может вновь стать сиротой?

Сесиль вспыхнула, но Генрих и бровью не повел.

— Вам ли не знать, что все в руках Господа? — с достоинством ответил он вопросом на вопрос.

— Это так, — сдержанно кивнула монахиня.

— К несчастью, бывает, что и родители переживают своих детей, — уверенно продолжил Доферти. — Я бодр и здоров. Комиссия это учла. К тому же я богат. Мой будущий ребенок единственный наследник. Думаю, комиссия учла и это. Моя супруга из очень уважаемой семьи, в которой культ детей. Она восьмой ребенок. Наверняка комиссия учла и это, — с любезным поклоном заключил он.

Сестра Мария улыбнулась.

— Мне приятно об этом знать, но, простите, теперь я обязана задать вопрос миссис Доферти, — уже мягче произнесла она. — Миссис Доферти, вы молоды и, согласно документам, способны иметь своих детей. Как это отразится на усыновленном ребенке?

Сесиль растерялась и беспомощно посмотрела на мужа.

— Там же написано, что Генри не может иметь детей, — едва слышно пролепетала она. — Откуда же возьмутся дети у меня?

«Она сама еще ребенок, — внутренне подосадовала сестра Мария. — Ах, эти члены комиссии. Они готовы войти в чье угодно положение, но только не в положение несчастных крошек. С тех пор как в опекунский совет и комиссию по усыновлению ввели простых обывателей, началось это безобразие. Когда решение принимали только профессионалы, к вопросу усыновления подходили гораздо строже. Во всяком случае, никто бы не доверил ребенка старику и девчонке. Он, видите ли, богат. Но разве деньги могут заменить малышке семью, любящих отца и мать?»

— Не сомневайтесь, я буду хорошей матерью, я даже пеленать умею! — словно услышав мысли сестры Марии, воскликнула Сесиль, чем тронула доброе сердце монахини.

— Даже так? — улыбнулась она. — Где же вы этому научились?

— У меня были младшие братья и сестры. Нас у мамы дюжина: двенадцать человек.

— Ах вот как. Ну что ж, тогда пройдемте к детям. Кстати, здесь нет грудных, поэтому ваше умение пеленать пока не пригодится. Я правильно поняла, вы впервые обратились в подобное общество?

— Да, — подтвердила Сесиль.

— Тогда должна предупредить: приготовьтесь к разочарованию.

— Что вы имеете в виду? — насторожился Доферти.

— Ничего страшного, — успокоила его сестра Мария. — Лишь то, что, возможно, вам не удастся сделать выбор именно сегодня. Многие пары подолгу ищут своего малыша, и от момента получения разрешения на усыновление до самого усыновления порой проходят месяцы, а то и годы.

— Я не шляпку выбираю, а ребенка, — запальчиво воскликнула Сесиль, — и уверена, что мы здесь первый и последний раз!

Монахиня нахмурилась.

— Не осуждаю тех, кто долго выбирает, — строго сказала она. — В таком серьезном деле спешка подобна преступлению. Миссис Доферти, если вы не хотите выглядеть в моих глазах легкомысленной, поясните, пожалуйста, что вы имели в виду.

Генрих нервно заерзал в кресле, но Сесиль на этот раз не стушевалась. Она горделиво вскинула голову и четко произнесла:

— Мы возьмем того ребенка, которого пошлет нам Господь.

Добрая улыбка вновь осветила лицо сестры Марии. Она поймала себя на мысли, что симпатизирует этой юной особе, рвущейся стать матерью.

— Как же вы собираетесь узнать волю Всевышнего? — кротко спросила она.

— Очень просто: какой ребенок потянется к нам первым, тот и наш.

Монахиня с пониманием кивнула и обратила свой взор на Генриха.

— Мистер Доферти, согласны вы со своей женой?

— Безусловно, — не раздумывая, ответил тот.

— Что ж, тогда я, увы, представляю, кого вам пошлет Господь, — загадочно опечалилась монахиня.

Супруги удивленно переглянулись, но задавать вопросов не стали.

Сестра Мария минут пять водила их длинными коридорами и наконец остановилась перед массивной дубовой дверью.

— Детей предупредили, они ждут гостей, — тяжело вздохнув, сказала она. — Простите, нервничаю. Никак не могу привыкнуть. Я призываю вас к сдержанности. Я всегда в таких случаях призываю к сдержанности, но не всем это удается, а дети потом страдают. Бедняжки неоднократно прошли через подобную процедуру и о многом догадываются. Помните, все они мечтают о родителях. Не подавайте им случайных надежд. Впрочем, я уверена в вашем благоразумии, — заключила монахиня и распахнула дверь.

Взору Сесиль открылась огромная комната, наполненная гулом детских голосов. Сесиль тут же умилилась и ахнула. Глаза Генриха растроганно заблестели. Сестра Мария тоже преобразилась. Улыбка ее стала лукавой, голос задорным.

— Дорогие мои, — громко воскликнула она, — я, как и обещала, привела к вам гостей! Что нужно сказать?

— Здравствуйте, — хором ответили малыши.

Они мгновенно побросали игрушки и испытующе уставились на Генриха и Сесиль. Супруги смешались, попав под обстрел пытливых детских глаз.

— Не волнуйтесь, — украдкой шепнула монахиня и вновь обратилась к детям: — А сейчас каждый подойдет к мистеру и миссис Доферти и представится так, как учила вас сестра Тереза. Не забыли? Мальчики приветствуют поклоном головы, девочки...

Сестра Мария не успела договорить, как что-то пенящееся кружевами, розовое и воздушное выскочило из детской толпы и с криком «мама, мамочка» бросилось на шею Сесиль. Та охнула, прижала маленькое худенькое тельце к себе и, прочувствованно взглянув на сестру Марию, сказала:

— Вот наш ребенок.

Но монахиня повела себя странно.

— Алиса, — строго сказала она, обращаясь к розово-воздушному существу. — Сейчас же отпусти миссис Доферти и вернись на место.

— Нет! Нет! — с плачем закричало существо и еще сильнее прижалось к Сесиль. — Мамочка! Моя мамочка! Моя! Только моя! Я ждала тебя!

Но сестра Мария была непреклонна.

— Алиса, приказываю вернуться на место, — еще строже потребовала она.

В ответ малышка так сильно сцепила руки на шее Сесиль, что та едва не задохнулась. Генрих Доферти растерялся. Он с изумлением смотрел на потонувшую в розовой пене кружев жену и на смущенно-сердитую монахиню, ничего не понимая. Когда же сестра Мария силой попыталась оторвать ребенка от Сесиль, а малышка завопила «мамочка, не отдавай меня», Доферти не выдержал и раздраженно воскликнул:

— Оставьте девочку в покое! Вы что, не слышали, что сказала моя жена: это наш ребенок.

Сестра Мария скорбно поджала губы, сложила руки на груди и тихо, почти шепотом произнесла:

— Была бы рада отдать вам Алису, но, боюсь, вы передумаете.

— Нет, нет, ни в коем случае! — целуя девочку в светлые пушистые волосы, воскликнула Сесиль. — Алиса наша, только наша, сам Господь пожелал того!

Она принялась осыпать ребенка нежными короткими поцелуями, ласково приговаривая «наша, только наша». Малышка блаженно затихла, спрятав личико на груди Сесиль. Монахиня отошла в сторону и смущенно поглядывала на остальных детей, глазами давая Доферти понять, что следует остановить жену. Генрих и сам догадался, легко прочитав на детских мордашках зависть и боль.

— Дорогая, тебе придется пока оставить Алису, — мягко сказал он. — Нам нужно вернуться в кабинет сестры Марии для соблюдения необходимых формальностей.

— Да, да, конечно, — согласилась Сесиль, ставя малышку на пол. — Не плачь, крошка, мы скоро...

В этот момент она заглянула в лицо ребенка и отшатнулась, так и не закончив фразы. Доферти тоже увидел лицо девочки и не сумел скрыть ужаса. Алиса была некрасива, очень некрасива, Алиса была безобразна.

Наступившая тишина усугубила всеобщее напряжение. Даже дети, словно понимая, что происходит, не издавали ни звука.

— Я же вам говорила, — прервала молчание сестра Мария. — Что вы намерены делать теперь?

Генрих смущенно пожал плечами.

— Думаю, нам лучше пройти в ваш кабинет, — неуверенно произнес он.

— А вы, миссис Доферти, что скажете?

— Я думаю так же, — упавшим голосом ответила Сесиль и поспешно направилась к двери.

— Мама! Мамочка! Ты вернешься?! — раздался отчаянный крик за ее спиной.

Сесиль вздрогнула, на секунду застыла. Наконец она повернула улыбающееся лицо к ребенку и с нежностью произнесла:

— Конечно, малышка, и очень скоро.

* * *

— Что вы намерены делать? — едва закрыв дверь кабинета, повторила вопрос сестра Мария.

— Конечно, забрать Алису, — твердо ответила Сесиль, делая вид, что не замечает сомнений мужа. — Вы свидетель: девочка выбрала нас.

Сестра Мария не стала разочаровывать миссис Доферти признанием, что хитрая Алиса по-своему приспосабливается к жизни и «выбирает» всех подряд. Видимо, каким-то внутренним чутьем девочка поняла, что вряд ли кто-нибудь по доброй воле решится выбрать ее, а потому всякий раз прибегала к психической атаке, но даже это не помогало бедняжке обзавестись родителями. Долгожданные мамочки, все как одна, в смущении ретировались. В лучшем случае они выбирали другого ребенка, а в худшем — мгновенно покидали монастырь. Решимость Сесиль поселила в душе монахини надежду устроить жизнь Алисы, но сомнения Генриха настораживали.

— Мистер Доферти, вы полностью разделяете желание вашей супруги? — опасливо поинтересовалась сестра Мария.

— Не совсем, — лаконично ответил он.

— Ах, Генри, — с укором произнесла Сесиль. — Ты же видел, сколько мольбы было в глазах этого ребенка. И я уже дала слово вернуться.

Доферти с досадой поморщился.

— Дорогая, лучше ты один раз изменишь своему слову, чем всю жизнь будешь жалеть о том, что сдержала его, — сердито ответил он.

Сестре Марии вовсе не хотелось присутствовать при супружеской перепалке, поэтому она нашла предлог, извинилась и вышла из кабинета. Вернувшись и взглянув на лицо Сесиль, она поняла, что юная особа умеет не только категорически выражать свои желания, но и успешно отстаивать их.

— Мы решили усыновить этого ребенка, — невозмутимо сообщил мистер Доферти.

Сестра Мария не стала скрывать радости. Она любила Алису. Девочка уже два года жила в монастырском приюте и нравом своим и умом покорила сердца всех воспитателей. Даже суровая сестра Тереза и та выделяла ее из других детей. Впрочем, возможно, это происходило и потому, что монахини понимали, под какой несчастливой звездой родилась бедняжка.

— Сколько Алисе лет? — спросила Сесиль.

— Четыре года.

— Как вы думаете, еще возможно создать у девочки впечатление, что мы ее единственные родители? — с тревогой поинтересовался Доферти.

— Скорей всего, да, — ответила сестра Мария. — Мало кто помнит себя в четыре года. К тому же Алиса необыкновенно доверчива. Она поверит в любую вашу фантазию.

— А ее настоящие родители?

— Здесь вы можете не волноваться. Кто ее отец, установить не удалось, а мать Алисы погибла, когда девочке был один год.

— Как это случилось? — спросила Сесиль.

— Кажется, попала под машину. Впрочем, подробностей я не знаю. Это было далеко... — Сестра Мария замялась, но продолжила: — Вам следует знать, что Алиса русская.

— Вы хотите сказать, что она из России?

— Именно это я и хочу сказать. Она попала в нашу страну по благотворительной акции Красного Креста. Три года назад из России была вывезена группа сирот, нуждающихся в дорогостоящем лечении.

Доферти нахмурился.

— Так она еще и больна? — с недовольством спросил он.

— Нет, нет, — поспешила успокоить его сестра Мария. — Теперь уже девочка здорова.

— Теперь? А что было с ней раньше?

— В Красный Крест она попала с диагнозом «врожденная слепота», но потом выяснилось, что у ребенка и афазия.

— Что это? — заранее ужаснулась Сесиль.

— Расстройство речи. Малышка понимала и воспринимала речь людей, но сама не могла издать ни звука. Удалось установить, что причиной тому опухоль мозга. После того как опухоль удалили, девочка стала прекрасно видеть, а как бойко она изъясняется, вы слышали сами.

— Как же она попала в монастырский приют? — удивился Доферти. — Мне кое-что известно об акции, проводимой Красным Крестом. Выделялись большие средства, подбирались хорошие семьи.

— Вы правы, вообще-то предполагалось, что из Красного Креста всех детей сразу же разберут благополучные многодетные семьи. В основном так и произошло, но только не с Алисой. Взять эту девочку так никто и не решился, ее отдали в наш приют.

При этих словах Сесиль выразительно посмотрела на мужа. Тот виновато пожал плечами.

— Вообще-то я хотел мальчика, — счел не лишним оправдаться он.

— У вас еще есть время подумать, — напомнила сестра Мария.

— Нет, нет, все решено: Алиса наша дочь! — поспешно воскликнула Сесиль. — Можем мы забрать ее прямо сейчас?

Монахиня облегченно улыбнулась.

— Как только подпишете бумаги, — обласкав чету Доферти взглядом, сказала она.

Через полчаса сестра Мария, сдерживая слезы, наблюдала из окна своего кабинета сцену, о которой мечтала два года: Алиса, вцепившись в руки Сесиль и Генриха, горделиво и даже степенно вышагивала по монастырскому двору к воротам, за которыми ее ожидал «Бентли».

— Наконец-то Господь услышал мои молитвы, — прошептала сестра Мария.

ГЛАВА 3

Криминальный диагноз

*Будущая фаворитка познакомилась
с Людовиком XV
на балу-маскараде. Она привлекла
короля необычным костюмом богини
охоты.*

Когда пациенты опаздывали, Тураева не сердилась. Она невозмутимо их штрафовала, предупреждая, что следующее опоздание будет последним. Она не делала исключений ни для кого. Альбина могла себе это позволить: поток желающих попасть на прием к маститому психоаналитику не иссякал. Пациентов Тураева сама выбирала, и, надо отдать должное, за деньгами она не гналась. Критерием отбора служил интерес научный: чем сложнее у человека проблема, тем больше шансов у него попасть в число пациентов Тураевой. Светлана стала исключением из этого правила. Произошло это необъяснимо и неожиданно.

Конечно, вошла в кабинет она очень эффектно, но тестирование показало, что проблема Светланы с точки зрения психоаналитики не так уж сложна, чтобы терпеть ее опоздания. Однако Альбина не собиралась ее штрафовать. Более того, она всякий раз с нетерпением ее ожидала, в недрах сознания опасаясь: «А вдруг на этот раз не придет?»

Какие струны ее души были задеты Светланой, Альбина не знала, но чувствовала странную тягу к этой мятежной и сильной женщине. На первый взгляд вроде все ясно с этой Светланой. Личность, прозванная в народе стервой, а по-научному: невротик сценарного поведения, психологический вампир архетипа «принцесса на горошине».

Понятен и метод, которым Светлана убивала своих мужчин. Четыре способа получения любви, к которым прибегает невротическая личность: подкуп, взывание к жалости, призыв к справедливости, угрозы. Форма исполнения всевозможная: от истерик и уговоров до симуляций болезней и обмороков. Орудуя этими примитивными манипуляциями, Светлана получала любовь, но убивала своих мужей.

Все вроде просто, но невротики не понимают, что они живут по сценарию. У них не возникает желания изменить то, о чем они не подозревают, а Светлана явно хочет изменить не себя, а внешнюю форму своего поведения. Но внешнее за собой потянет и внутреннее, следовательно, неосознанно она хочет изменить сценарий своей жизни. Так не бывает! Невротизм сценарного типа неизлечим, поэтому остается лишь выяснить, каким невротиком она хочет стать: «Поющей сиреной»? «Золушкой»? «Помощницей»?

Но интересней всего, зачем ей понадобилось менять сценарий, который сделал ее победительницей?

Размышления Тураевой были прерваны явившейся наконец Светланой.

— Добрый день, я, кажется, опоздала, — без тени вины сказала она, элегантно усаживаясь на диван.

— Да, немного, — кивнула Альбина, — на каких-то тридцать минут.

— Надеюсь, от этого наш сеанс не станет короче? — уверенно осведомилась Светлана.

— Никоим образом, — улыбнулась Тураева и саркастично подумала: «Сущие пустяки, очередной пациент полчаса будет ждать вас в приемной».

Разумеется, ответственная Альбина этого допустить не могла, поэтому она зарезервировала за Светланой не час, а полтора часа. Таким образом, тяготы ожидания ложились только на психоаналитика, пациентов они не касались.

— Продолжим, — сказала Тураева, собираясь задать заготовленные вопросы, ответов на которые ждала с нетерпением.

Однако Светлана ее удивила.

— Опять будете спрашивать про мое детство? — взбунтовалась она. — Я уже много вам рассказала, но каким образом это поможет мне стать рядовой и обычной? От наших встреч пользы нет, зато у меня всякий раз остается гнетущее впечатление.

— Какое? — скрывая волнение, спросила Альбина. — Вы можете описать это впечатление?

— Конечно, могу.

И длинная пауза. Не дождавшись ответа, Тураева попросила:

— Опишите, пожалуйста, что вы чувствуете после сеансов психоанализа?

Одержав очередную победу, Светлана смягчилась и красочно описала:

— Вы берете пилу, медленно, с наслаждением спиливаете мне половину черепа, осторожно снимаете его и кладете на стол. Затем вы погружаете руки по локоть в мои мозги и копошитесь в них теми движениями, которыми наша кухарка месит фарш для котлет. А когда заканчивается оплаченное время, вы оставляете в покое мои мозги, тщательно вытираете руки салфетками с ароматом фиалок, водворяете на место срезанную половину черепа, поправляете мне прическу и радуетесь, что вид у меня такой же гламурный, как до входа в ваш кабинет. Все шито-крыто. Не придерешься, не подкопаешься. Извините, но как-то так, — заключила Светлана, с язвительным укором глядя на растерянную Тураеву.

В кабинете воцарилась тишина. Женщины по-разному переживали длинную паузу. Светлана торжествовала. Тураева призадумалась.

«Вот что с ней делать? — размышляла Альбина. — Выгнать? Дать красивый отпор? Дамочка издевается, и делает это со вкусом. И откуда она узнала, что я люблю салфетки с ароматом фиалок? Случайно угадала? В ее присутствии я ни разу не пользовалась своими салфетками. О боже, о чем это я? Дались мне эти салфетки. Она могла учуять запах, дело не в том. Как мне поступить? Даже если я игнорирую вызов и попытаюсь продолжить психоанализ, она не станет отвечать на вопросы».

Расставаться с пациенткой Тураева не хотела. Для того чтобы узнать, почему ей так дорога Светлана, Альбине пришлось бы обратиться к другому психоаналитику: самой найти ответ на этот вопрос не удастся — это она уже поняла. Но с другой стороны, Тураева не могла позволить глумиться над собой в собственном кабинете. С третьей стороны, существует профессиональная этика, не позволяющая вступать с пациентом в личные отношения. Как психоаналитик Альбина должна быть беспристрастна, но очень хотелось щелкнуть по носу эту наглую дамочку, а это уже месть, а месть — это уже отношения.

«Как же мне поступить? — гадала правильная Тураева, склонная к системности. — Я перестану себя уважать, если нарушу заповедь психоанализа. Отказаться от пациентки не могу. Что делать? А вот пусть она сама и решает, — нашла она выход, подумав, — предложу ей играть по ее же правилам. Пусть видит, к чему это приведет».

— Выходит, — нарушила молчание Альбина, — вы отказываетесь от психоанализа?

Светлана выразила недоумение:

— Странно, что вы так решили.

— Так решили вы, а не я. Психоанализ призван выявить тайную сторону вашей личности, ваше бессознательное, то, что вы сами о себе не знаете. Для этого существуют методы, которые ведут к желаемому результату эволюционным путем. Вы только что выразили протест против эволюции, вас томят воспоминания детства. Вы неосознанно жаждете революции. Мы можем пойти революционным путем и начать с конца, но вряд ли вас это устроит.

Светлана заверила:

— Устроит, если это ускорит процесс.

Тураева пожала плечами:

— Ускорит ли, я не знаю. Революция всегда эксперимент.

— Эксперименты — моя стихия, — тоном победителя сообщила Светлана.

— Что ж, — усмехнулась Альбина. — Приступим. Предупреждаю, может быть очень больно, но вы сами этого захотели.

— Давайте уже приступим!

— Давайте, — кивнула Альбина и выстрелила в пациентку вопросом: — Как умер ваш первый муж?

Светлана невозмутимо ответила:

— Красиво. Он всегда и все делал очень красиво.

Ответ Тураеву заинтриговал.

— Пожалуйста, расскажите об этом подробней, — попросила она, добавив: — Конечно, если это возможно.

— Возможно, — царственно согласилась Светлана и начала свой рассказ: — Наш брак был счастливым. Ничто не предвещало беды. Тот страшный день всех потряс. Это был его день рождения, его тридцатитрехлетие, которое он собирался красиво отпраздновать. Был арендован банкетный зал в дорогом ресторане. Максим, так звали моего первого мужа, попросил всех друзей сначала собраться в нашей квартире. Все поняли: он готовит сюрприз. Нарядные гости сидели в гостиной на диванах, когда из своего кабинета вышел Максим. В роскошном белом смокинге он был ослепительно красив, но внимание гостей приковал револьвер в его холеной руке. Огромный, сверкающий никелем револьвер. «Господа, — воскликнул Максим, — а не поиграть ли нам в русскую рулетку с одним патроном?» Пока гости растерянно переглядывались, Максим элегантным движением провел барабаном револьвера по безупречно белому рукаву. В напряженной тишине прозвучал звук вращающегося барабана. Максим приставил оружие ко лбу, лихо развернулся на пятке спиной к друзьям, и в тот же миг раздался оглушительный выстрел. Его мозги разлетелись по стенам, по мебели и по гостям — на белоснежном смокинге не было даже пятнышка. В нем мы его и похоронили. Вот такое странное самоубийство.

Тураева, покачав головой, задумчиво произнесла:
— Ошибаетесь. Это было убийство.

ГЛАВА 4

Изгнанница

*После нескольких свиданий
Людовик XV, поверив в любовь
девушки, сделал Жанну-Антуанетту
своей фавориткой и наградил титулом
маркизы Помпадур.*

Предательство отца Светлану потрясло и напугало. В одно мгновение разрушилась ее счастливая жизнь, полная радостных ожиданий. Вылетев из родного гнезда, девушка бежала по улице: слезы градом, в голове черные мысли, на сердце обида и паника. Душа разрывалась от боли. Светлана не замечала удивленных взглядов прохожих, не понимала, что плачет громко, навзрыд, подвывая и привлекая к себе внимание. Светлана пребывала в своем мире, в своем далеком от жизни пространстве, наполненном лишь ее неутешным горем.

К реальности Светлану вернул высокий и статный мужчина в дорогом элегантном костюме. Он вышел из «Бентли» и направился к дверям ресторана, тогда-то их траектории и пересеклись: на него налетела красивая девушка, заливающаяся слезами.

«Комок страданий», — подумал мужчина, принимая Светлану в объятия и таким образом останавливая ее стремительный бег.

Девушка очнулась, осознала, как выглядит со стороны, и смутилась.

— Простите, — не в силах бороться с текущими по щекам слезами, с досадой извинилась она.

— Чем вам помочь? — участливо поинтересовался мужчина, извлекая из кармана белоснежный носовой платок.

Он так нежно, по-отечески вытирал ее слезы, что Светлана опять разрыдалась. Ей нестерпимо стало жалко себя и маму.

— О-о, сколько слез! Что же мне с вами делать? — удрученно воскликнул мужчина и, кивнув на дверь ресторана, неожиданно предложил: — Давайте я десертом вас угощу.

Светлана испуганно отказалась:

— Спасибо, есть не хочу. Мне надо идти.

Она оттолкнула его и побежала. Мужчина растерянно крикнул ей вслед:

— Меня Максимом зовут!

Она даже не оглянулась.

«Зачем я это сказал?» — удивился себе мужчина и уже с плохим настроением вошел в ресторан.

А Светлана перестала плакать. Теперь она бесцельно брела по улице, размышляя: «Куда я иду?»

С изумлением она осознала: в их кругу не принято жаловаться, в их кругу одни победители, в их кругу поражение — это позор. В этом закрытом обществе не пожалеют, а отшатнутся, потому что больше всего боятся сплетен и репортеров. У всех друзей и знакомых Светланы есть свои скелеты, но спрятаны они не в шкафах, а в надежно запертых сейфах.

«И наш семейный скелет останется в сейфе, — решила Светлана, — а пойду я к подруге, но даже ей буду врать».

У нее было две подруги — Алиса и Ольга, обе старше Светланы. Окруженная толпами поклонников, Алиса жила таинственной и роскошной жизнью: рестораны, вернисажи, театры, лучшие курорты мира и пятизвездочные отели. Застать ее дома — большая удача.

Ольга была замужем. Муж ее успешно делал карьеру на посту заместителя префекта округа Москвы. Светлана не вникала в его деятельность, но знала, что Сергей отвечает за культуру и часто бывает за границей. Ольга не работала, развлекала себя благотворительностью и всегда сопровождала мужа в его командировках. Она была ответственной, домашней, надежной и очень доброй.

«Пойду к Ольге, — решила Светлана, — скажу ей, что поругалась с отцом из-за пустяков, но особо распространяться о ссоре не буду».

Подруга мгновенно разрушила ее планы. Увидев красные и припухшие от слез глаза, Ольга всплеснула руками:

— Что случилось?

Светлана держалась стоически. Она безразлично пожала плечами и даже выдавила улыбку, сказав:

— Ничего не случилось. Просто соскучилась и решила зайти в гости.

Из кабинета выглянул Сергей и подлил масла в огонь колким вопросом:

— А ничего, что на часах двенадцать ночи? Не поздновато ли для гостей?

Тут уж Светлана ничего поделать с собой не могла: слезы сами брызнули из ее глаз.

Ольга грозно взглянула на мужа:

— Дорогой, ты забыл, как сильно занят?

Сергей с виноватым видом юркнул в свой кабинет.

— Милый, сегодня ты там и поспишь, — крикнула ему вслед жена и пояснила: — Мы со Светиком оккупируем спальню, у твоих девочек появились секретики.

— Уже понял, — из-за закрытой двери обреченно откликнулся муж.

Ольга была настоящая леди — пример для подражания. Ее воспитание не позволяло лезть в душу к подруге, тиранить ее вопросами. Она обняла рыдающую Светлану и заплакала вместе с ней.

— Надеюсь, ничего непоправимого не случилось, — сквозь слезы приговаривала она, судорожно вздыхая.

Было очевидно, что Ольга напугана, томится в неведении и страдает. От нее исходили тепло, материнское беспокойство, растерянность и сердечность. Светлане стало стыдно за свой эгоизм. Она поняла, что именно Ольге можно все рассказать: все, как есть, тем более что на первых порах где-то придется жить. Возвращаться домой Светлана не собиралась.

Ольга вдумчиво выслушала рассказ и, правильно оценив ситуацию, поинтересовалась:

— А в сумке что у тебя? Надеюсь, ты все документы взяла? Ничего не забыла?

Светлана кивнула:

— Да, убегала в таком сумбуре, что прихватила лишь сумку, в которой храню документы. Ни денег, ни карточек, ни вещей у меня с собой нет. Нет даже щетки зубной. Даже пижамы.

— Это все купим. Сейчас главное не раскисать. Проблема серьезная и затяжная. Решать ее надо бы осторожно и поэтапно. Телефон не забыла?

— С телефоном не расстаюсь, но почему он не звонит? Неужели отец совсем не беспокоится за меня?

Ольга вздохнула:

— Котенок, не рви себе сердце, он беспокоится, но сообразил, что сейчас звонить бесполезно. Он твой характер знает, да и дров ты уже наломала. Он в панике и размышляет, что предпринять. Звонить твоим друзьям он не хочет, сама понимаешь, но на эмоциях может и позвонить. Разреши мне хотя бы ему сообщить, что ты ночуешь у нас. Сейчас главное не вынести сор из семьи.

— Сообщи, — согласилась Светлана. — Папуля винит себя и корит. Мне его уже жалко, — призналась она.

Ольга с надеждой спросила:

— Так, может, Сергей отвезет тебя домой? Поговоришь с отцом и помиришься, а потом вместе решите, как дальше жить.

Светлана схватилась за голову и заплакала:

— Нет! Я видеть его не могу! Он предатель! О чем я буду с ним говорить? Пойми, оказывается, он всегда меня предавал. Из-за него я потеряла связь с мамой. Он эгоист, думает лишь о себе. Теперь я понимаю, что он технично выгнал маму из дома, развелся с ней, освободил место для новой семьи. Теперь от меня избавляется.

— Котенок, это не так, — осторожно возразила Ольга. — Твой отец порядочный человек, он всего лишь запутался, по-мужски, как это с хорошими мужчинами и бывает. Плохие легко такие проблемы решают.

— Как?

— Живут себе спокойно во лжи, всех обманывают: и жен, и детей, и любовниц. А твой отец не хочет лгать.

— И поэтому у него дочь, которой четырнадцать лет! — ужаснулась Светлана. — Уж лучше бы он и дальше лгал, как лгал все эти годы. Все вокруг лгут. У всех есть любовницы, но жены и дети от этого не страдают. Мы бы с мамой думали, что у нас все прекрасно и были бы счастливы. Но отец не захотел страдать без своей уточки и любовницы! Он захотел жениться на дряни, которая строит свое счастье на моем горе! Отец выбрал свое удовольствие, наплевал на меня и на маму! Я передумала, запрещаю ему звонить! Это глупо! Ему на меня наплевать!

— Котенок, а если ты ошибаешься?

Светлана в отчаянии пальцами сжала виски.

— Милая, неужели ты не понимаешь? Он сейчас от меня избавляется! — убежденно сказала она.

Ольга подумала: «Похоже на то. Дождался совершеннолетия дочери и решил отправить ее за дверь. И так ему не терпелось, что затеял разговор прямо сегодня, в такой праздничный день. Однако ругаться с ним глупо. Он только обрадуется. Здесь потребуется дипломатия. Я заставлю его купить дочери квартиру и выделить деньги на ее содержание».

— Котенок, ты голодна? — ласково спросила она. Светлана поморщилась:

— Мне сейчас не до еды.

— Тогда прими снотворное и ложись со мной спать, — посоветовала Ольга. — Утро вечера мудренее.

— А дальше что? Как я буду жить без денег, без дома?

— Котенок, доверься мне. Все наладится. На днях мы с Сергеем улетаем в Лондон. Возьмем и тебя. Это мой подарок тебе на твое совершеннолетие. Муж — по делам, а мы развлечемся. Через неделю вернемся. К тому времени страсти улягутся. Ты по-другому взглянешь на эту проблему. Согласна?

Светлана обняла подругу и прошептала:

— Согласна. Как хорошо, что ты есть у меня.

Через несколько дней подруги гуляли по Лондону, ловили на себе восхищенные взгляды мужчин, радостно щебетали, посещали музеи, театры. Иногда вечерами Сергей к ним присоединялся: дружной компанией ужинали в ресторане. Девчонки делились впечатлениями и хвастались покупками, он с умиротворенной улыбкой их слушал. Все было приятно и по-семейному мило. Путешествие отогрело Светлану. Вернулась в Москву она с оптимистичными мыслями. Ольга убедила подругу, что надо поехать домой и поговорить с отцом.

— Раз у него другая семья, он сам будет рад тебя отселить, — строила планы Ольга. — Отец с удовольствием купит тебе квартиру. От «Мерседеса» глупо отказываться. Это подарок. И не ругайся с ним, не упрекай. Будь хитрей. Ты лишь на втором курсе МГУ, тебе еще долго учиться. Кто тебя будет кормить, одевать? Конечно, отец! Поэтому будь с ним мягче, войди в его положение.

— Хорошо, — согласилась Светлана. — Буду хитрей и дипломатичней, войду в его положение, а заодно и все вещи свои заберу. Сергей мне с машиной поможет? У меня много вещей.

Ольга заверила:

— Конечно, поможет. Завтра как раз выходной, будет тебе машина с водителем, с утра к отцу и поедешь.

Так и сделали. Рано утром Светлана проснулась в приподнятом настроении. Она поняла, как сильно соскучилась по отцу и как рада их будущей встрече. Она тщательно причесалась, принарядилась, заготовила речь. Ольга советовала предварительно позвонить отцу: вдруг его дома не будет.

— Зачем? — удивилась Светлана. — У меня есть ключи от квартиры. Если отца не застану, дождусь его за делами. Мне же вещи еще паковать.

— Ах, ну да, — согласилась подруга. — Тогда не звони. Пусть будет ему сюрприз. Я уверена, он соскучился и расцелует тебя.

— Именно это я и предчувствую, — просияла Светлана.

Подъехав к дому, она ощутила радость и грусть. Вздохнула, подумав: «Все же родное гнездо. Вся моя жизнь здесь прошла, от песочницы до последнего школьного звонка. Но птенцы должны вылетать из гнезда. Ничего не поделаешь».

С этими мыслями она вошла в лифт, поднялась на свой этаж, хотела нажать на кнопку звонка, но лукаво подумала: «Если папуля дома, пусть удивится, услышав скрежет замка. Ох, какая я глупая, что убежала. Надо было понять его, он имеет право на счастье».

Вставив ключ в замочную скважину, Светлана сразу открыла дверь и порадовалась: «Закрыто на один замок, значит, папуля дома! Ураа!» Она решительно вошла в родную прихожую, втянула носом запах родного дома и ощутила себя счастливой. Дальнейшее произошло внезапно и неожиданно. Из столовой стремительно вышла высокая красивая женщина и грозно спросила:

— Какое право ты имеешь приходить сюда без звонка?

Пока Светлана растерянно хватала воздух губами, женщина подлетела к ней, вырвала из руки ключи от квартиры и начала выталкивать ее за дверь. Светлана пришла в себя и оказала женщине сопротивление. Та, увидев, что не справляется, крикнула:

— Доченька, да иди же сюда!

В прихожую влетела довольно упитанная девушка. Вдвоем они быстро вытолкали Светлану из ее же квартиры. Последнее, что она увидела, — это отражение в зеркале. Коварное зеркало выдало присутствие в доме отца. Он прятался в столовой, слышал, как гнали его любимую дочь, но не выходил и молчал. Светлана едва успела увидеть его глаза, полные беспомощности и боли, как дверь захлопнулась, едва не придавив ее пальцы. Она от досады стукнула в дверь ногой и крикнула:

— Вещи мои хоть отдайте!

Осознав бесполезность своего поведения, Светлана вошла в лифт, спустилась вниз и побрела к машине. Водитель спросил:

— А где вещи?

— Не будет вещей, — сказала Светлана и потеряла сознание.

ГЛАВА 5

Яблоко раздора

Маркиза Помпадур стала не просто фавориткой, но незаменимым другом и советчицей, оказывавшей сильнейшее влияние на монарха.

Сесиль очень ответственно подошла к материнству, а вот Генрих ее разочаровывал. Она весь день планировала серьезный разговор с мужем, но никак не думала, что разговор этот произойдет в их спальне под балдахином на бескрайней кровати в стиле барокко.

— Ах, Генри, ну Генри, погоди, не сейчас, — скрывая раздражение, просила Сесиль, уворачиваясь от поцелуев мужа.

— А когда же, когда? — пылко шептал он, страстно прижимая ее к себе.

— У меня не то настроение.

— Почему? Что случилось? — продолжая тискать жену, равнодушно поинтересовался Генрих.

— Нам надо поговорить о нашей проблеме, — неожиданно для себя выпалила Сесиль.

Он удивился:

— В постели?

— Да, в постели, а почему бы и нет?

Генрих нехотя разомкнул объятья, огорчился, откинулся на подушку и холодно осведомился:

— И о чем же мы будем говорить?

— Как о чем? — изумилась Сесиль. — Об Алисе,

конечно, о ее воспитании, о наших дальнейших действиях. Я хочу знать твое мнение.

— Мое мнение? Вот прямо сейчас?

— Ну да, я хочу знать, что ты обо всем этом думаешь.

— Дорогая, о чем «этом»?

Сесиль не смогла сдержать нарастающего раздражения и со слезами воскликнула:

— Ах, Генри, пожалуйста, не зли меня! Ты прекрасно понимаешь, что я имею в виду.

Доферти поразился:

— Даже слезы? Все так серьезно, а я не в курсе. Дорогая, прости, но я абсолютно ничего не понимаю. Уже двенадцать ночи, завтра у меня три важные деловые встречи, — он досадливо поморщился, — одна из них, между прочим, с этим чванливым шейхом, от инвестиций которого зависит будущее моего проекта и нашей компании.

— У тебя постоянно проекты и встречи, — упрекнула мужа Сесиль.

Генрих возмущенно взглянул на жену:

— Я виноват в том, что наша семья процветает? Это новость! Я думал, ты меня понимаешь.

Он покинул кровать, набросил на себя домашний халат, туго подвязал его поясом, расшитым золотом, включил свет и подошел к зеркальному бару.

— Что происходит? — спросил Доферти, наливая в бокал из горного хрусталя дорогой бурбон. — Почему я сегодня натыкаюсь на серьезные разговоры как раз в тот момент, когда нуждаюсь в нежности и любви? Ты никогда так себя не вела.

Он поставил бокал на каминную доску, вознес руки к помпезной люстре и с обидой воскликнул:

— Господи, о чем это я?! Ты была грубой и злой! Догадываюсь, что в этом виновата Алиса.

Сесиль нахмурилась и возразила:

— В этом ты виноват, дорогой.

— Выходит, я правильно понял причину твоего необычного холода, — удовлетворенно отметил Доферти и сообщил: — Знай я, что ребенок так сильно изменит нашу счастливую жизнь, никогда бы не поддался на твои уговоры.

Сесиль ударила кулачком по подушке и воскликнула:

— Генри, я тебя не узнаю! Где мой добрый и все понимающий Генри? При чем здесь ребенок?

— А разве не о нем пойдет речь? — окончательно рассердился Доферти и заключил: — Алиса всего один день в нашем доме, а ты уже и видеть меня не желаешь! Мои ласки тебя раздражают!

— Глупости. С чего ты взял? — растерялась Сесиль.

Генрих хорошо изучил жену, а потому пошел в наступление.

— Я не виноват, что люблю все красивое, — начал он свой монолог. — Я всю жизнь окружал себя только красивыми дорогими вещами. В нашем доме красивые даже горничные, кухарки, водители и садовники, ты же поселила в мой мир совершенства такое уродство, что меня в дрожь бросает и волосы дыбом. А теперь ты еще разрушаешь гармонию нашей любви. Ты требуешь от меня невозможного, но я, превозмогая себя, стараюсь тебя ублажить. Ради тебя я сегодня общался с Алисой, даже шутил. Ради тебя я смирился и готов не замечать ее безобразную внешность, а где благодарность? Весь день ты придиралась и дулась. За обедом одергивала меня после каждого слова, весь вечер я находился под твоим неусыпным вниманием и, конечно же, все делал не так. А когда я отказался пойти с тобой в детскую, ты расплакалась и убежала. А я не пошел потому, что знал: ты заставишь меня целовать перед сном ребенка, как это делают любящие отцы. Но я не люблю Алису! И никогда ее не полюблю!

Сесиль слушала мужа и каменела. В конце речи она уронила голову на подушку и разрыдалась.

— Зачем же ты позволил ее забрать из монастыря? — всхлипывая и подвывая, спросила она.

Генрих смягчился. Он присел на кровать и, погладив жену по золотистым кудряшкам, нежно сказал:

— Дорогая, все не так ужасно, как ты представляешь. Зато я безмерно люблю тебя, а потому не хотел огорчать свою крошку и согласился, но теперь понимаю, что переоценил свои силы. И дело как раз не в Алисе, дело в тебе. Я хотел ребенка, но даже представить не мог, что буду вынужден так ему угождать, а главное, что это будет так сложно. Если верить твоей реакции, то любое мое слово может испортить Алисе всю жизнь. Ты так увлеклась этой девочкой, что я почувствовал себя брошенным и нелюбимым. Ты весь день меня только ругала, щипала и всем видом показывала, как я тебя раздражаю. У меня все внутри обрывается, когда ты сердишься на меня. Это невыносимо. И хуже всего то, что я понял: теперь так будет всегда.

— Какой ужас! — еще горше разрыдалась Сесиль, обвивая шею мужа руками. — Прости меня, мой сладенький, мой родной, мой любимый! Я глупая! Даже не понимала, что делаю тебе больно, а ты терпел и молчал! О-о-о, какая я сегодня плохая, — поливая Генри слезами, простонала она. — Я сердилась лишь потому, что ты плохо скрывал неприязнь к малышке. У тебя на лице отражалась брезгливость. Милый, я теперь все поняла, я хочу это исправить.

Доферти насторожился. «Кажется, я пережал», — подумал он и спросил:

— Каким образом ты собираешься это исправить?

— Завтра же мы с Алисой переедем в дом для гостей, — с гордостью сообщила Сесиль. — Ты будешь видеть ребенка только по праздникам. Все равно ты весь день на работе, а ночью я уложу спать Алису и прибегу в нашу спальню к тебе под бочок.

Генрих задумался, прокрутил в голове перспективы подобной жизни. Они ему не понравились.

— Если я редко бываю дома днем, зачем вам из него переезжать? — задал он логичный вопрос и решительно постановил: — Никаких переездов. Обещаю скрывать негатив к Алисе. Более того, если ты не будешь меня заставлять целовать ребенка, возможно, негатив и пройдет. В остальном я буду хорошим отцом. Игрушки, развлекательные прогулки и праздники гарантирую. Ради тебя я готов на все.

Сесиль обняла мужа и нежно произнесла:

— Милый, ты такой замечательный у меня. Обожаю тебя. Иди ко мне. Быстро. Прямо сейчас.

Засыпая, Генрих отметил, что после их неприятного разговора секс заиграл новыми красками.

«Такой страстной Сесиль еще никогда не была, — подумал он и удовлетворенно решил: — Если на нее так Алиса влияет, то пусть у нас и живет этот урод».

ГЛАВА 6

Противостояние

*Вмешательство мадам Помпадур
в политику Франции сильно подорвало
благополучие страны. Ее деятельность
стала причиной начала Великой
французской революции.*

Тураева, покачав головой, задумчиво произнесла:

— Ошибаетесь. Это было убийство.

Она впилась в пациентку напряженным взглядом, но Светлана вновь ее поразила. Она не выдала той реакции, которую ожидала Тураева: ни удивления, ни ахов и охов, ни одного вопроса. Спокойная Светлана сидела с непроницаемым видом, смотрела в глаза психоаналитика и молчала. Она явно ждала продолжения.

Альбина не могла повернуть в другое русло беседу, не могла тоже просто сидеть и молчать, но и развивать тему убийства без просьбы пациентки она не могла. Это было бы непрофессионально, поскольку под подозрение попадают все, в том числе и сама пациентка. Таким образом, сеанс психоанализа превращается в примитивный допрос, что против всех правил.

Тураева отчетливо осознавала, что Светлана незримо ведет с ней войну и в каждом бою побеждает. Вот и этот бой проиграла Альбина. От Светланы повеяло победителем. Больше всего удивляло, каким образом опытный психоаналитик и психотерапевт ввязался в эту войну? Как удалось этой действительно необычной женщине втянуть Альбину в игру, в которой она оказалась Ребенком, а пациентка Родителем?

«Она подпольно меня поучает, она здесь руководит, а я, как школьница, подчиняюсь, — мысленно констатировала Тураева. — Она обманывает меня, водит за нос, но в одном эта дама не солгала: она действительно понятия не имеет, как ведут себя рядовые женщины. Ее реакции, мимика, жесты — не плод артистизма, они органичны. Светлана не вскрикнула, не ахнула, не забросала меня вопросами, как обычная женщина, при известии, что ее мужа убили. Она застыла и приготовилась слушать, при этом непонятно, что в ее голове. А уж я любую женщину вижу насквозь. И она не играет. Я уверена, что Светлана естественна и открыта во всем, даже в хитрости, даже в обмане. Интересно, в каком мире она сформировалась как личность? Впрочем, как бы там ни было, она натуральна, открыта, я же сижу на троне психоанализа, пытаюсь быть сверху, а с ней так нельзя. Поэтому и проигрываю: искренность всегда побеждает, обман — пораженец».

На какой-то момент Тураева растерялась. Не так уж и очевидно, кто здесь кому объявляет войну. Приходилось признать, что сам психоанализ в какой-то мере насилие. Психотерапевт — это психолог плюс психиатр. Мало того, что любой пациент автоматом попадает в мини-психушку, так в его душе беспардонно еще и копается незнакомый ему человек. Пациент открывает душу, пускает в самое сокровенное постороннего человека лишь на том основании, что тот получил два диплома и массу сертификатов. Но дипломы и сертификаты не дают информации о человеческих качествах специалиста. Это хирург может утром побить жену, а в обед уже спасать смертельно больного блестяще выполненной операцией. Психоанализ — это неизбежное общение личности с личностью. И как происходит это общение? Психоаналитик без всяких гарантий успеха высокомерно копается в душах людей, которые, вполне возможно, в обычной жизни и руки ему не подали бы. А вдруг он подлец, убийца и вор?

«Разве мало среди психотерапевтов манипуляторов и мошенников? — задалась вопросом Альбина. — Разве все мы честны? Пользуясь своими знаниями и властью, мы влюбляем в себя пациентов, «подсаживаем» их на себя, а потом без зазрения совести тянем с них немалые деньги. Не секрет, что многие психотерапевты превращаются в мошенников на доверии. Нет над нами контроля, в таком случае почему бы и не смошенничать? Почему бы не растрясти кошельки богатых людей? Почему бы не превратить их в «наркоманов», которые за дозу общения с манипулятором от науки готовы отдать и последние деньги? Да, я не такая, я честная, но разве это написано у меня на лбу? Умная и образованная Светлана наверняка в курсе, как умеют мошенничать психотерапевты, так кто здесь кому объявил войну? Почему я, маститый психоаналитик, удивляюсь, что свободолюбивая женщина сопротивляется допросу и кабале, в которую я ее загоняю?» — прозрела Тураева.

Однако длительную паузу прервала не она, а Светлана.

— Похоже, мое время вышло, — сказала она, поднимаясь с дивана. — Благодарю за сеанс молчания. Мне понравилось. Многое для себя поняла. Спасибо. До встречи.

С этими словами она стремительно покинула кабинет.

«Что она поняла?» — очнулась от размышлений Альбина и, нажав на кнопку интеркома, отдала распоряжение секретарше:

— Зиночка, за этот сеанс с пациента денег не брать.

Та ответила:

— Пациентка уже заплатила.

— Когда же она успела? — удивилась Тураева. — Она только что вышла!

Из динамика неожиданно вылетел голос Светланы:

— А я оплачиваю сеансы заранее. И этот сеанс я считаю особенно продуктивным. Всего вам доброго.

— И вам, — растерянно произнесла Альбина, подумав: «Нехорошо получилось. Я о ней в третьем лице, и она услышала. И опять победила!»

Дверь кабинета открылась, Светлана, не переступая порога, сказала:

— Похоже, вы мне открыли глаза. Похоже, не было самоубийства. Я даже уверена, Максима убили.

Тураева не успела и слова сказать, как Светлана исчезла: за дверью послышалось удаляющееся цоканье каблуков ее лабутенов.

«Зачем? Зачем она ходит ко мне? Какова истинная причина ее посещений?» — в который раз задалась вопросом Альбина.

ГЛАВА 7

Соблазн

*Маркиза Помпадур всегда стремилась
представить на портретах цветущей
красавицей, которой никогда не была
в силу слабого здоровья.*

Открыв дверь, Сергей отшатнулся. На пороге стояли его водитель и горестная Светлана. Лица на девушке не было: бледная, круги под глазами. Вжав голову в плечи, она проскользнула в комнату подруги и свернулась на диване калачиком.

— Почему так быстро? И где вещи? — поинтересовался Сергей у водителя.

Тот, пожимая плечами, ответил:

— Ничего не знаю. Вернулась быстро, сказала «не будет вещей» и упала в обморок. Я положил ее на сиденье, она мгновенно пришла в себя, но всю дорогу молчала.

Сергей уныло покачал головой и вздохнул:

— Это к Ольге. Я здесь бессилен.

Вскоре Ольга вернулась из салона со свежим маникюром. Сергей рассказал жене все, что узнал, и кивнул на дверь ее комнаты:

— Она там, я побоялся зайти.

— Господи, что же случилось? — охнула Ольга и устремилась к подруге.

На цыпочках она вошла в комнату и присела на край дивана. Светлана вскочила, обвила шею Ольги руками и горько заплакала. Наплакавшись, она рассказала о происшествии. Ольга слушала, и глаза ее наполнялись ужасом. Такой развязки она не ожидала и чувствовала себя виноватой. Светлана была всеми любима, привыкла к заслуженному восхищению и воспитывалась как принцесса. Своим жизнелюбием и оптимизмом она заражала людей, к ней тянулись, с ней все хотели дружить. В нее влюблены были все мальчики в школе, она отлично училась, побеждала на всех соревнованиях и олимпиадах, в МГУ сама поступила, без поддержки влиятельного отца. Дружить с ней для любого ровесника была огромная честь. Про таких девушек, как она, принято говорить «золотые». Иными словами, Светлана жила на пьедестале и не сталкивалась с позором и унижением. И вот такую принцессу нагло вытолкали две хамки из родного дома на глазах у отца.

«Как ее утешать?» — содрогаясь от ужаса, подумала Ольга.

Однако, на ее удивление, Светлана быстро взяла себя в руки. Она не стала упиваться горем, даже и не подумала рассказывать о своем стыде и отчаянии, не сочла нужным ругать отца, а деловито спросила:

— Как дальше жить? А главное, где?

Увидев, что слез и страданий не предвидится, Ольга воспрянула духом.

— На первых порах поживешь у меня, — демонстрируя оптимизм, защебетала она, — потом решится вопрос с квартирой. Думаю, он быстро решится. Котенок, ни о чем не волнуйся, положись на меня. Ты не будешь ни в чем нуждаться. Я все устрою.

Светлана даже не поинтересовалась, как подруга собирается решать все вопросы. Их без отца не уладить, а отца она вычеркнула из жизни и решила с этого дня полагаться лишь на себя. Зная Ольгу, легко было догадаться, что она затеет переговоры с отцом, включит дипломатию, будет давить на жалость и вежливо угрожать, выбивая квартиру, машину и содержание дочери.

— Это унизительно, — сказала Светлана. — Позорно выпрашивать подачки у родного отца. Я взрослая девушка и сама решу все проблемы, — заключила она, давая подруге понять, что тема закрыта.

«Решит сама? Это меня и пугает», — подумала Ольга, но замолчала.

Решать проблемы Светлана пристроилась на диване в комнате подруги. Она вяло звонила знакомым, мысленно сожалея, что нет у нее родственников: дедушки и бабушки умерли, мама уехала за границу, обиделась и пропала. Связь с матерью была абсолютно потеряна, а как ее восстановить, Светлана не знала.

Неожиданно и своевременно позвонила Алиса: радостная и успешная.

— Прикатила из Рима, соскучилась, приезжай, с нетерпением жду! — оптимистично сообщила она.

Ольга не любила Алису, хотя лично знакома с ней не была. Алису и отец Светланы не любил, несмотря на то что девушки подружились на юбилее его лучшего друга. Алиса блистала в кругу элиты страны. Она легко и непринужденно общалась с чиновниками, банкирами, депутатами и богемными знаменитостями. Все знали Алису. И она знала всех. И вот с такой интересной Алисой, умной, озорной и роскошной, Светлане запрещали дружить. Запретный плод сладок, поэтому дружба их крепла, но стала тайной.

Разумеется, Светлана помчалась к подруге тайком от Ольги и сразу окунулась в буйство и радость жизни. Алиса металась по своей роскошной квартире, пытаясь одновременно рассказывать о приключениях, слушать новости Светы, варить кофе и разбирать чемоданы. Когда она услышала о «проделках отца», говоря языком Алисы, даже не помрачнела, а весело пообещала:

— Через год у тебя будет все! Квартира! «Мерседес»! И мир у твоих ног!

Светлана скромно отметила:

— Хотелось бы для начала квартиру, и поскорей. Год — это долго.

— Квартира будет уже через месяц, — хохотнула ~~Светлана~~ Алиса и, бросая подруге пакет, крикнула: — Лови! Твой подарок! Fendi из Рима! Из самого центра роскоши!

— Настоящая курточка Fendi, — восхитилась Светлана. — Зачем? Это же очень дорого!

— Ерунда, — отмахнулась Алиса, — мне почти даром досталась. Мимо вовремя пролетала и разжилась. Я вольная птица, летаю где захочу! Тебе нравится моя жизнь? — вдруг спросила она.

— Кому же такая жизнь не понравится.

— Хочешь так жить?

— Хочу.

Алиса кивнула, пристально осмотрела подругу и посоветовала:

— Тогда слушай меня. Будешь слушать?

— Буду.

— Тогда начинаем прямо сейчас, — сообщила Алиса, подсаживаясь к Светлане и обнимая ее. — Эх, подружка моя, — возликовала она. — Перебирайся от своей унылой Ольги ко мне! Эх, мы с тобой заживем, на зависть врагам! Переезжай прямо сегодня! Там же со скуки помрешь!

— Сейчас не могу, неудобно, — задумавшись, отказалась Светлана. — Перееду через несколько дней.

Алиса, бывшая балерина, вскочила, ловко покрутила фуэте и воскликнула:

— Дело есть на приличную сумму! Сама будешь в шоке. В рамках закона. Завтра приступаешь к работе!

— Отлично, — обрадовалась Светлана. — А что надо делать?

— Ничего особенного. Принарядиться и посидеть с одним крутым бизнесменом в клубе пару часов, типа ты его девушка. Не пугайся. Без отношений, поцелуев и секса. Просто сухой эскорт. Сможешь? — застыла Алиса, ожидая ответа.

Светлана опешила:

— Эскорт — это же неприлично. Нет, я не могу.

— Девочка моя, — заворковала Алиса, — это не тот эскорт, про который ты думаешь. Разве я, зная твою семью, предложила бы тебе что-то плохое? Просто мой друг, крутой бизнесмен, встречается в бизнес-клубе с партнерами-иностранцами. Он не женат, а иностранцы не доверяют тем, у кого нет семьи. У них холостяк считается ненадежным человеком. А сделка должна состояться крупная, на несколько миллионов долларов. Отец твой известный в стране человек. Вот и подумай, если мой друг представит тебя партнерам в качестве своей невесты, сообщит им, чья ты дочь, они без вопросов заключат сделку. А у тебя в кармане окажется четверть квартиры.

Светлана задумалась. Захотелось посоветоваться с Ольгой, но Алиса, словно подслушав мысли подруги, воскликнула:

— Только Ольге не вздумай еще рассказать! Она затянет песню о приличиях, а что здесь плохого? Представь, что ты и в самом деле влюбилась в мужчину и собираешься за него замуж. Возможно такое?

— Возможно.

— А разве не можете вы поругаться и разбежаться потом?

— Можем, — рассудила Светлана, подумав: «Похоже, ничего постыдного в ее предложении нет».

Алиса, учуяв победу, добавила аргументов:

— Всего пару часов побудешь невестой, а пользы — вагон и тележка. Он останется при своих миллионах, а ты на четверть квартиры отложишь. Еще трех таких же друзей тебе подберу, и через месяц купишь квартиру. Светик, ты не пропадешь. Такие знатные невесты, как ты, в огромной цене. Договорились?

— Договорились, — согласилась Светлана, решив, что такой карамболь честней и приличней, чем выпрашивать блага у родного отца.

Алиса, вздохнув с облегчением, подытожила:

— Значит, завтра заберу тебя вечером. Предварительно позвоню. Смотри принарядись, сделай прическу, чтобы все было комильфо.

Так и поступили. На следующий день Алиса позвонила и сообщила, что дожидается Светлану уже у подъезда. Светлана порадовалась, что Ольги нет дома, и тайком от Сергея выскользнула из квартиры. Приехали в ресторан. Там Алиса познакомила подругу с Дмитрием, пожилым плешивым мужчиной, который был очень вежлив и обходителен. По-деловому они сочинили легенду, наметили дату их свадьбы, Дмитрий надел на палец Светланы дорогое кольцо и с поклоном сказал:

— Это мой настоящий подарок. Дань уважения вашему отцу. Надеюсь, он о нашей хитрости не узнает?

— Все держим в тайне! — поспешила воскликнуть Алиса и призвала: — Смело отправляемся в клуб, по пути теряем меня!

В бизнес-клубе была строгая обстановка, полумрак: яркий свет лишь у стойки бара. Там же и музыка, тихая и печальная. Дмитрий познакомил Светлану с партнерами, она сверкнула перед ними колечком с бриллиантами, после чего затосковала. Переговоры длились довольно долго. Официанты подносили Светлане то кофе, то фрукты, потом вино и десерт. Беседа велась на английском, которым она в совершенстве владела, но, о чем шла речь, понять Светлане не представлялось возможным.

Совсем заскучав, она шепнула Дмитрию:

— А можно здесь танцевать?

Он ответил:

— Можно, у бара, — и вернулся к беседе.

Светлана отправилась к бару, попросила поставить любимый свой «Назарет», подняла руки вверх и, стоя на месте, начала танцевать. В грациозных движениях она выплескивала наружу эмоции, накопившиеся в душе. Это был даже не танец, это был рассказ, повесть, поэма о потере любимых людей, о предательстве, обмане, обиде, об отчаянии и безысходности. Это была ее жизнь, поведанная движениями юного стройного тела. Светлана закрыла глаза и так погрузилась в свои переживания, что не заметила завороженного зрителя: за ней наблюдал элегантный мужчина. Ее танец так его восхитил, что он подошел к Светлане и смело признался:

— Вы очень красиво двигаетесь.

Она открыла глаза и удивленно воскликнула:

— Максим? Надо же, снова встретились.

— Вы запомнили мое имя, — обрадовался он.

Ответить она не успела. В клуб стремительно ворвалась Ольга. Она залепила Максиму пощечину, возмущенно выкрикнула «мерзавец!» и, схватив Светлану за руку, утащила ее из клуба.

«Что это было?» — подумал ошеломленный Максим, больше огорченный разлукой с девушкой, чем пощечиной.

Не успел он прийти в себя, как в клуб влетела Алиса. Увидев Максима, она деловито спросила:

— Что делаешь?

Он ответил:

— Жду встречи с партнером.

— Удачи, — равнодушно пожелала Алиса и устремилась к столику, за которым до этого сидела Светлана.

После переговоров с пожилым плешивым мужчиной, недовольная, она удалилась. Максим начал прозревать, что происходит. Он поймал за руку пролетающую мимо Алису и спросил:

— Кто эта девушка, которая с Дмитрием Александровичем была?

— Моя подруга, Светлана.

— А кто она?

— Дочь известного нефтяного магната Федорова.

— Ах ты дрянь! — возмутился Максим. — Сводница! Совесть совсем потеряла? Немедленно дай мне номер ее телефона.

Алиса задумалась и спросила:

— А если не дам?

Максим с угрозой воскликнул:

— А ты попробуй!

Алиса покорно протянула ему свой телефон и подсказала:

— «Светик. Ф» ищи, — и миролюбиво пропела: — Максик, пользуешься тем, что не хочу ругаться с тобой.

ГЛАВА 8

Чудовище

*Любовные утехи короля с молоденькими,
но обязательно глупенькими девушками,
маркиза устраивала сама. Они были
нужны на ночь, не больше,
а удовлетворенный король возвращался
вновь к мадам Помпадур.*

Какое-то время Генриху удавалось обходить острые углы в общении с Алисой и играть роль отца. Он даже согласился заходить в детскую. Целовать девочку сам он не решался, но довольно сносно скрывал отвращение, принимая ее поцелуи. Сесиль была довольна мужем и, как прежде, нежна. Гром разразился среди ясного неба.

В субботу вечером на улице шел дождь. В доме стало прохладно. Разожгли камин. Генрих сидел в кресле-качалке и читал газету. У огонька его разморило: он задремал. Проснулся Генрих от мокрого и, как ему показалось, липкого на своих щеках. Открыв глаза, он с ужасом обнаружил, что Алиса залезла к нему на колени. Она ела большую конфету и целовала его мокрыми и липкими губами. От неожиданности Генрих вскрикнул и с отвращением сбросил с себя ребенка, словно гусеницу или паука.

Увидев это, Сесиль пришла в ярость. Алиса явно ударилась, но не плакала, а лишь испуганно переводила глаза с матери на отца. Горничные подхватили девочку и унесли, понимая, что назревает скандал. И скандал разразился.

— Генри, я считала тебя добрым, справедливым и благородным человеком, — краснея от гнева, четко нанизывала слова Сесиль, — но боюсь, что ты в один миг развеешь мою веру в тебя. Зачем ты согласился взять Алису, если испытываешь к ней не просто отвращение, а брезгливость?

Генри не стал защищаться, а сразу пошел в атаку.

— Затем, что ты слишком хотела этого, — резко ответил он. — Я решил не мешать тебе в твоих глупостях, но это вовсе не значит, что я должен принимать участие в фарсе. Ах, прекрасная благородная дама мечется по приютам, собирает уродов и окружает их всяческой заботой. Со стороны это выглядит эффектно, согласен. Но не за мой же счет!

— Генри! Замолчи сейчас же! — едва не плача закричала Сесиль. — Как тебе не стыдно, Алиса человек, понимаешь?! Человек!

— Я тоже человек, — напомнил Генрих и возмущенно продолжил: — не возьму в толк, почему мои мечты о ребенке, о доброй дружной семье должны разбиваться об эту неведому зверушку. Ради любви к тебе я согласен терпеть это в доме, но не заставляй меня притворяться и сюсюкать. Все, а теперь, с твоего позволения, я пойду спать. Уже поздно и самое время.

— Нет, ты не будешь спать, — взбунтовалась Сесиль. — Я не дам тебе спать, пока мы не поговорим серьезно, без этих дурацких эмоций.

Доферти попытался уйти от разговора.

— Ну уж нет! — возмутился он. — Мало того, что из-за этой девчонки ты шпыняла меня весь день, так ты еще и ночь собираешься превратить в сущий ад. Никаких разговоров! И вообще, я отправляюсь спать в кабинет!

— Генри, остынь! — успела крикнуть вслед мужу Сесиль, но звук хлопнувшей двери кабинета, раздавшийся словно выстрел, заглушил ее голос.

Она уронила лицо в ладони и разрыдалась. Это была их первая ссора.

* * *

Утром Генрих завтракал в одиночестве, впервые с тех пор как они поженились с Сесиль.

— Миссис Доферти гуляет с Алисой в саду, — доложила Августа, исполняющая роль экономки, секретаря по домашним делам и друга Генриха одновременно.

Доферти уже жалел, что вспылил накануне, и собирался помириться с женой, но от такого сообщения пришел в ярость.

«Я не спал всю ночь, переживал, казнил себя, а она спокойно отправилась на прогулку с этой девчонкой, — гневно ковыряя вилкой в тарелке, подумал он. — Ну нет, это уж слишком! Раз так, сегодня же не будет этой Алисы в моем доме».

С такой мыслью Доферти, несмотря на воскресный день, отправился на работу. Вечером, вернувшись домой, он узнал, что его планы сбылись: жена, прихватив урода, покинула Нью-Йорк. На письменном столе в своем кабинете он нашел письмо.

«Милый Генри, — писала Сесиль, — ты читаешь эти строки, а мы с Алисой уже в Калифорнии. Я мечтала, что мы отправимся на виллу втроем, но теперь понимаю — это невозможно.

Девочка не должна стать свидетелем наших ссор. Тем более она не должна почувствовать твою ненависть к ней. Я очень люблю тебя, люблю!!! Уже страшно скучаю. Умоляю, поскорей разберись в себе. Знаю, ты мудрый и справедливый, а потому очень скоро приедешь сюда, чтобы поцеловать меня и Алису.

Навек твоя Сесиль».

Сердце Генриха мгновенно оттаяло. Ругая себя последними словами, он бросился звонить в Сайсн, где неподалеку от Ошенсайда на берегу Тихого океана в живописном местечке расположилась его роскошная, утопающая в зелени вилла. Трубку подняла сама Сесиль и очень обрадовалась.

— Генри, милый, оказывается, я совсем не умею с тобой ругаться, — огорченно призналась она.

Доферти иронично ее успокоил:

— Зря волнуешься, дорогая, для первого раза у тебя получилось отлично. Ты очень талантливая.

— Ты шутишь, значит, не сердишься, — возликовала Сесиль и рассмеялась.

Звонкий чарующий смех жены окончательно растопил сердце Доферти.

— Милая, оказывается, я совсем не умею на тебя сердиться, — абсолютно искренне признался он.

— Зря волнуешься, дорогой, для первого раза у тебя получилось отлично. Ты очень талантливый.

— И это все, что ты можешь сказать?

— Ах, Генри, сам знаешь, что не все. Приезжай сейчас же, иначе я сойду с ума. Мы тебя любим, так полюби же и ты нас. Алиса утомила меня вопросами: «Где папа? Где папа?» Любимый, приезжай к нам скорей.

При упоминании об Алисе Доферти огорченно поморщился, но постарался не обнаруживать своих ощущений.

— Любимая, к сожалению, поскорей я не смогу, — нежно произнес он.

— Почему?

— Дела. Но на следующей неделе обязательно выберусь к вам. Как Алисе понравилась вилла?

— Девочка сразу же заявила, что она в раю. Представляешь, она постоянно держит меня за руку. И знаешь почему?

— Почему?

Сесиль вновь рассмеялась.

— Боится заблудиться. Ей кажется, что здесь комнат больше, чем в монастыре. Дать ей трубку?

Генрих поспешил отказаться:

— Нет, нет, дорогая, мне пока стыдно разговаривать с ней. Лучше поцелуй за меня малышку. Думаю, этого будет достаточно.

— Хорошо, — согласилась Сесиль и, добавив: — Мы ждем тебя, — повесила трубку.

Доферти с досадой констатировал, что голос жены вновь стал холодным и чужим, совсем как во время их ссоры.

«Уродство Алисы пока лишь отталкивает меня, но если так и дальше пойдет, я возненавижу эту девчонку», — с грустью подумал Доферти.

* * *

Алиса не подозревала о своем уродстве. Интуитивно она чувствовала, что отличается от других детей не в лучшую сторону, но осознать, чем именно, еще не могла.

Что такое семья, она знала из рассказов старших подруг, которых брали к себе на выходные дни богатые дяденьки и тетеньки. Подруг этих называли доченьками, а сами они называли дяденек и тетенек папочками и мамочками. Многих девочек потом оставляли в огромных красивых домах, кормили конфетами, задаривали игрушками, и Алиса страшно завидовала им. Поэтому при каждых новых смотринах она разыгрывала душещипательные сцены с криками «мамочка, наконец-то я тебя дождалась», но тщетно. Она понять не могла, почему взрослые осыпают других детей ласками, в то время как от нее смущенно отводят глаза. Она многократно спрашивала об этом и сестру Марию, и сестру Терезу, но те убеждали ее, что это вовсе не так, что она, Алиса, все придумывает. Бедняжка делала вид, что соглашается, и страдала, страдала, страдала...

Ночами, лежа в приютской кроватке, она уносилась мечтами в эти загадочные прекрасные дома к добрым папам и мамам, на самом деле не слишком-то надеясь, что мечтам ее суждено сбыться.

Красота юной Сесиль ослепила Алису. Она даже заробела, задумавшись, можно ли прыгать на шею к такой прекрасной тетеньке. Все предыдущие «мамы» (а гостей приюта дети между собой по-другому не называли) не были так молоды, так красивы и так нарядны. И все же Алиса набралась храбрости, прыгнула и... О чудо!

Никогда раньше девочка не знала, что радость может доставлять страдания. Всякий раз при взгляде на Сесиль как-то странно щемило в ее маленьком одиноком сердце и хотелось плакать. Почему, Алиса не понимала, но так ей было хорошо, хорошо до слез. Гордость переполняла Алису. Гордость за то, что ее мама самая красивая на свете, что она умеет так красиво звенеть голосом, когда смеется, так красиво ходит и бегает, так красиво одевается и живет в таких красивых домах.

К тому, что Сесиль ее мама, Алиса привыкла мгновенно. Девочке даже казалось, что именно эту женщину она видела в своих снах и мечтах. А вот к Генриху малышка отнеслась настороженно. Слово «папа» с ее уст шло с огромным трудом, а мысленно она его называла не иначе как дядя. Сразу почувствовав, что со стороны Генриха исходит опасность, Алиса на всякий случай решила демонстрировать ему всяческую любовь. Поэтому когда Сесиль закричала: «Доченька, наш папа приехал!» — Алиса сорвалась с места и устремилась навстречу строгому дяде. Сорвалась слишком поспешно, больно ударившись при этом об угол стола и разбив в кровь губу. В иное время она вряд ли сумела бы сдержать плач, но, интуитивно чувствуя ответственность момента, малышка украдкой слизала кровь и героически заставила себя улыбнуться.

Сесиль уже повисла на шее мужа, и заметить того, что случилось с ребенком, она не могла.

— Ну, где же ты, малышка, беги же сюда, — звала она Алису, покрывая лицо мужа отрывистыми поцелуями.

— Крошка, беги скорей к нам, — присоединился к жене и Генрих.

Он не видел Сесиль две недели, мучительно соскучился, был доволен ее восторженным приемом, а потому пришел в благодушное настроение, располагающее доставлять жене всевозможные удовольствия. Теперь Генрих готов был ради жены на любые подвиги. Он решился не только скрывать неприязнь к ребенку, но даже обласкать Алису, насколько получится.

— Малышка, — вновь позвал он, заметив, что девочка остановилась в нерешительности. — Иди, я тебя обниму и поцелую.

У Алисы уже был свой жизненный опыт. Суровое монастырское воспитание научило ее скрывать ссадины и ушибы, за которые монахини строго наказывали детей. Поэтому она предприняла меры, чтобы никто не заметил ее разбитой губы. Алиса наклонила голову вниз, подскочила к Генриху и спрятала лицо, обхватив его за ногу и прижавшись щекой к белым франтоватым брюкам.

Несмотря на возраст, Доферти был щеголем и ревностно следил за чистотой и изяществом своей одежды. Готовясь к встрече с женой, он уделил особенное внимание своему костюму, а потому не пришел в восторг от поступка Алисы.

«У девчонки наверняка грязные руки», — с недовольством подумал он, перебарывая желание оттолкнуть ребенка.

Сесиль еще раз чмокнула мужа в щеку, разомкнула объятия и, присев на корточки, спросила:

— Алиса, ты почему набычилась?

Девочка еще сильнее обхватила ногу Генриха, старательно пряча лицо.

— Смотри, как она льнет к тебе, — рассмеялась Сесиль, подхватывая Алису на руки. — Я же говорила, что она тоже соскучилась.

— И я соскучился по нашей крошке, — солгал Доферти, пряча глаза.

Он очень боялся взглянуть на Алису — так неприятно ему было видеть ее уродство.

— Нам лучше пойти в дом, — сказал он, наклоняясь и делая вид, что отряхивает костюм.

В этот миг его внимание привлекли красные пятна, нарушившие белизну брюк. Доферти оторопело посмотрел на брюки, на жену и вновь на брюки.

— Что это? — спросил он, указывая на пятна.

Алиса поняла, что натворила, испугалась и горько заплакала.

— Откуда взялись слезки, милая? — разволновалась Сесиль.

Она взглянула на девочку и заметила наконец разбитую губу и капли крови на ней.

— О боже, крошка, где же ты так? — испуганно вскрикнула она и повернулась к мужу. — Генри, ты видишь?

Доферти от досады забыл о планах сдерживаться в общении с девочкой.

— Вижу. Она испачкала белые брюки, — возмутился он. — Что за манера тереться об одежду? Слышишь, Алиса, больше никогда так не делай.

— Ты чудовище, Генри, — ужаснулась Сесиль и, прижав ребенка к себе, побежала в дом.

Слезы градом катились по ее атласным щекам. Алиса почувствовала, что явилась виновницей чего-то из ряда вон, а потому перестала плакать и виновато притихла.

Доферти грустно смотрел вслед жене. Он понял, что опять сделал все не так, как планировал, но вины за собой не ощущал. Его родители воспитывали своих детей в строгости, так почему нельзя указать девчонке на ее провинность? При этом на Сесиль сердиться у Генриха не было сил, а потому все свое недовольство он обратил на Алису.

«Пока не появился в нашей жизни урод, я всем был хорош для жены. Она восхищалась каждым моим словом и никогда не называла чудовищем, — подумал он и, вздохнув, решил: — Пусть меня Бог простит, но я избавлюсь от урода Алисы».

ГЛАВА 9

Доверие

*Маркиза коллекционировала имения,
дома и замки. Ни одна фаворитка
до нее не обладала такой огромной
собственностью.*

Поскольку предыдущая встреча со Светланой прошла в необычном молчании, следующего сеанса Тураева ждала с большим нетерпением. Ее насторожило, что пациентка заплатила за тишину в кабинете, да еще и поблагодарила психоаналитика за безмолвие. Теперь возникали сомнения: не было ли это прощанием? Тураева, как никогда, беспокоилась: «А вдруг она не придет?»

Вопреки опасениям Светлана явилась в назначенный час, даже (впервые!) не опоздала. На этот раз Альбина подготовилась к встрече. Она сразу заняла лидирующее положение, огорошив необычную пациентку вопросом:

— Светлана, как вы думаете, между нами должно быть доверие?

— Не знаю, — честно ответила та и добавила: — Вам виднее.

Тураева удовлетворенно кивнула и сообщила:

— Без доверия любое сотрудничество непродуктивно. Вы согласны?

Светлана задумалась, мысленно перебирая варианты ответов, но в конце концов согласилась:

— Безусловно, без вашего доверия мои цели недостижимы.

Альбина впервые почувствовала себя победителем в их незримой борьбе и, скрывая восторг, открыто призналась:

— Я вам не доверяю.

Светлана приняла весть в своей обычной манере: не удивилась и не обиделась. Сидела непроницаемым сфинксом: ни одна мышца не дрогнула на ее холеном лице. С видом победителя она снова молчала в ожидании продолжения.

На этот раз Тураева не позволила перехватить лидерство и спокойно продолжила.

— Судите сами, — сказала она, — вы приходите к психотерапевту с подозрением, что сами убиваете ваших мужей. На первый взгляд выглядите вы здоровой, но обычно мужей невольно убивают невротики. Кто истериками и скандалами, кто закармливает вредной пищей и доводит мужей до инфаркта, инсульта или сахарного диабета.

К удивлению Альбины, Светлана ее перебила, вставив:

— Мои мужья, все, кроме Максима, умерли от этих болезней. Но я не умею готовить. Готовили нам кухарки. Видимо, они и были невротиками, — то ли пошутила, то ли предположила она.

— Ценная информация, — отметила Тураева, — но, с вашего позволения, я закончу мысль. Мое недоверие к вам родилось оттого, что вы избегаете психоанализа, не даете исследовать вас как личность. Все хуже. Я даже не знаю ваших истинных целей. Какие проблемы вас ко мне привели?

Светлана невозмутимо ответила:

— Я на первом приеме сказала, что хочу выглядеть обычной рядовой женщиной, вы же начали копаться в моих мозгах, зачем-то выспрашивали про мое детство. Что вы искали в нем?

— Детство любого человека травматично, — пояснила Альбина. — Большая часть проблем моих пациентов проистекает из детства. Кстати, вы меня удивили. Ваше детство не было травматичным. Ваши воспоминания все позитивные, ни одной обиды.

— И что же вас удивляет? То, что у меня было счастливое детство? Разве так не бывает?

— Бывает, но не в нашей российской культуре, а лишь там, где практикуется культ детей, чаще всего на Востоке: в арабском мире, в Индии или в Китае. Но дело не в этом. Вы не сказали мне, почему у вас возникла потребность обзавестись манерами рядовой женщины.

Брови Светланы выгнуло удивление.

— Вот и спросили бы об этом меня, а не копались бы в детских воспоминаниях, — назидательно изрекла она.

«Похоже, доверительные отношения установить с ней невозможно», — с досадой подумала Тураева и сказала:

— Считайте, что я именно этим сейчас и поинтересовалась. Зачем вам менять свою привычную оболочку?

Светлана, словно подслушав ее мысли, ответила:

— Сейчас вы получите доказательства моего доверия к вам. На меня покушаются. Несколько раз я лишь чудом избежала мучительной смерти. Не могу сказать, что живу в страхе, но испытываю хроническое напряжение. Обстоятельств покушений не хочу касаться из экономии времени, но отчетливо понимаю, что пора срочно менять круг общения. Мое окружение так влиятельно и знаменито, что решить проблему можно одним лишь способом: надо резко сойти со старой орбиты и затеряться среди обычных людей. Я пробовала — не получается. Обычные женщины сторонятся меня, а мужчины, те и вовсе как от прокаженной шарахаются. Не понимаю, что для них во мне не так, поэтому к вам и пришла.

— Какой ужас! — с сочувствием произнесла Альбина. — Почему же вы сразу не рассказали об этом? Вы живете под страхом смерти и держитесь молодцом, не падаете духом. Я восхищена вашей стойкостью! Вы очень сильная женщина!

Светлана благодарно кивнула:

— Спасибо, мне очень приятно это слышать от вас. А почему сразу не рассказала? Боялась вас напугать. И сейчас бы молчала, но вы озвучили мое подозрение. Я давно думала, что Максима убили. Вы подтвердили мои догадки, после этого я прониклась к вам доверием и уважением.

«Не очень это было заметно», — мысленно боднулась Тураева, но вслух участливо произнесла:

— Я сделаю все возможное, чтобы вы поскорей сошли с привычной орбиты. Начинать надо с мужчины. В мире обычных женщин все начинается с сильного мужского плеча. Вы способны влюбиться в простого мужчину? — осторожно спросила она.

ТАТЬЯНА КИРИЛЮК

И впервые увидела искреннюю и даже растерянную Светлану. Словно воинственная амазонка потеряла копье и коня, мигом превращаясь в юную нимфу.

— Я уже влюбилась в простого мужчину, — смущенно сообщила Светлана, чем несказанно порадовала Альбину.

ГЛАВА 10

Внезапный поворот

*Прусский король Фридрих II
ненавидел маркизу Помадур
за своенравность и даже назвал ее
именем свою собаку.*

Вечером Ольга вернулась из фитнес-клуба домой и с ужасом узнала от мужа, что Светлана уехала.

— С кем и куда? — строго спросила она. — Дорогой, надеюсь, ты догадался выглянуть в окно?

Сергей ответил:

— Светлана долго крутилась у зеркала, надела твое лучшее платье, поэтому я заинтересовался, куда она собралась, конечно, и за ней наблюдал. Она села в машину Алисы.

— Кошмар! — рассердилась Ольга. — Почему ты ее отпустил?

— Во-первых, она выскользнула тайком, а во-вторых, как я мог запретить взрослой девушке куда-то пойти? Тем более, что видел, как она таится от меня.

— Тогда срочно вези меня в бизнес-клуб!

Карьеристу Сергею совсем не хотелось впутываться в историю с Алисой, а потому он запротестовал:

— Дорогая, у меня сегодня был трудный день. Я недавно пришел с работы и хочу отдохнуть. Поезжай без меня.

— Без тебя меня в клуб не пустят, — заявила Ольга и приказала мужу: — Ты виноват, тебе и исправлять положение.

Сергей ужаснулся:

— Мне?!

— Пока я прошу всего лишь провести меня в бизнес-клуб, остальное беру на себя, — пообещала Ольга.

Жена была так непреклонна, что муж покорился. Он отвез ее в клуб и провел в зал встреч, но мгновенно вернулся в машину, приготовившись к долгому ожиданию. Однако Ольга управилась быстро: она влетела в клуб, надавала пощечин первому встречному и, удовлетворенная, увезла Светлану домой. Поездка прошла в гробовом молчании. Подруги при Сергее никогда не выясняли свои отношения. Он тоже счел за благо не задавать лишних вопросов. Разоблаченная Светлана испытывала сложную гамму чувств: досаду, стыд и обиду. Поэтому, едва войдя в квартиру друзей, она шмыгнула в комнату Ольги и заперлась.

— Что делать? — опасаясь конфликта, настороженно спросил Сергей у жены.

Ольга спокойно ответила:

— Ужинать.

— А как быть со Светланой?

— Пока лучше ее не трогать. Успокоится, обдумает свой поступок и все осознает. Она умная девушка, выводы сделает правильные, — заверила Ольга, направляясь на кухню.

Сергей не стал расспрашивать жену, что происходило в клубе, поскольку не стремился наживать себе лишних проблем. К тому же он не страдал любопытством.

Поужинав, супруги сидели на кухне, задушевно беседовали о домашних делах и пили чай, когда раздался звонок в дверь. Они вопросительно глянули друг на друга, поняли, что не ждут никого, после чего жена сказала:

— Иди, дорогой, узнай, кто к нам явился без приглашения на ночь глядя.

Сергей открыл дверь и удивленно воскликнул:

— Максим? Откуда у тебя мой адрес?

Нежданный гость пояснил:

— История длинная, в двух словах не расскажешь.

— Ясно, — кивнул Сергей и пригласил: — Заходи.

Когда Ольга вбежала в прихожую, она увидела картину, которая ее прогневила. Родной муж дружески обменивался рукопожатием с тем самым мерзавцем, получившим от нее пощечины.

— Да как вы посмели явиться в наш дом?! — гневно вопросила она и яростно пояснила супругу: — Этот подлец хотел сделать нашу Светлану эскортницей! А ты руку ему пожимаешь? Как это понимать?

— Твоя жена? — поразился Максим, кивая на Ольгу.

— Ну да, — растерянно подтвердил Сергей, переводя взгляд с супруги на друга. — А что происходит? И как вы познакомились? — спросил он, чувствуя, что многое из жизни жены пропустил.

Максим поспешил сообщить:

— Вы ошиблись, Светлана была с другим мужчиной. Я случайно с ней встретился: ждал в клубе партнера. А подошел к ней, потому что сам был удивлен нашей встречей. Не ожидал ее увидеть в таком месте.

Ольга вспыхнула и схватилась за щеки:

— Ой, как неловко все вышло! Простите, пожалуйста! Мне очень стыдно!

— Вам не стоит извиняться, вы жена моего друга, вам все можно, — улыбнулся Максим. — Я даже получил удовольствие, потому что вы сделали то, что я сам собирался.

Ольга рассмеялась и пошутила:

— Двусмысленное признание, надеюсь, вы имели в виду не то, что сделала я.

Она повернулась к мужу и пояснила:

— Я надавала твоему другу пощечин.

Сергей не поверил своим ушам:

— Не может быть! И когда?

— В бизнес-клубе сегодня, когда забирала Светлану, — ответила жена и всплеснула руками. — Ой, мы держим гостя в прихожей. И пора уже нам познакомиться, меня зовут Ольга, — представилась она, протягивая гостю руку.

— Очень приятно, а я Максим, — ответил тот, галантно прикладываясь к руке Ольги губами.

После такого знакомства хозяйка дома проявила неслыханное гостеприимство. В столовой она быстро накрыла стол, освободив холодильник от всех деликатесов. Увидев ее щедрость, Максим воскликнул:

— Я отлучусь на десять минут.

Вернулся он с дорогим вином для дамы и бутылкой «Камю» для друга.

Пока гостя не было, Ольга приступила к допросу.

— Вы с ним действительно друзья? — спросила у мужа она.

Сергей кивнул:

— С детства дружим, однокашники.

— А почему я о нем ничего не знала?

— Дорогая, он бизнесмен, а я чиновник.

— Все ясно, — сократила объяснения Ольга. — Ты карьерист, не хотел вводить в круг семьи бизнесмена, чтобы не было сплетен.

Сергей признался:

— Не только. Он мачо и не женат. Глупо вас было знакомить.

Ольга игриво потрепала мужа по шевелюре:

— Ах ты ревнивец! Но зачем он пришел? — задалась вдруг вопросом она.

— Сам удивлен, — признался Сергей. — Изредка мы встречались, он приглашал меня в рестораны, я оказывал ему мелкие услуги, ну, в рамках своих возможностей, но адреса ему не давал. Да и дружба наша сошла на нет.

— Он богат? — деловито осведомилась Ольга.

— В сравнении с нами олигарх, — пошутил Сергей и пояснил: — Доходный бизнес, яхты, виллы. Прочно стоит на ногах.

— Что ж не женится? Тридцать лет, пора бы уже. Неужели не нагулялся?

— Нагулялся давно. Жаловался, что его окружают хищницы. Беда всех богатых мужчин. Потерял веру в женщин.

Практичная Ольга мысленно унеслась в планы, как бы женить богатого друга на несчастной Светлане. В этот момент друг и явился с «Камю» и вином. К радости хозяйки, он не стал томить ее ожиданием, а сразу приступил к делу.

— Я побеспокоил вас в столь поздний час, — подняв бокал с коньком, сообщил Максим вместо тоста, — чтобы просить руки Светланы. Я всем сердцем хочу, чтобы эта прекрасная девушка стала моей женой!

Ольга ахнула. Сергей поперхнулся, покачав головой. Максим продолжил:

— Выпьем за удачу этого мероприятия! А потом я все объясню. Обещаю предельную откровенность.

Выпили и закусили. Максим рассказал о первой их встрече, когда траектории его благополучия и ее несчастья пересеклись волей судьбы. Рассказал о второй встрече и танце Светланы, в котором он прочитал ее боль, отчаяние и растерянность. Рассказал обо всех тайнах ее семьи, которые ему бесцеремонно раскрыла Алиса.

— Я уже не мальчик, чтобы мучиться от неизвестности и всю ночь не спать в ожидании чуда, — заключил Максим, доставая хрустальную коробочку с очень дорогим кольцом. — Я деловой человек. Принял решение, хочу знать: да или нет. Решил брать быка за рога.

Ольга вскочила:

— И правильно делаете! Иду за невестой!

Она порхнула к двери своей комнаты, постучала, Светлана открыла ей и со слезами бросилась на шею подруги.

— Нет-нет, — воскликнула Ольга, размыкая ее руки. — У нас не горе, а праздник. Максим пришел делать тебе предложение стать его женой. Вытри слезы и пошли. Он в столовой.

Светлана растерялась:

— Но мы с ним незнакомы. Виделись всего два раза, и то случайно.

— Он тебе нравится?

— Красивый мужчина, но...

— Никаких «но»! — категорично прервала Ольга. — У него виллы, яхты и бизнес, а тебе жить негде. Вокруг тебя коршуны уже собираются в виде Алисы. Тебе неслыханно повезло! Он ждет! Вытри глаза и пошли говорить «да»! Такой шанс нельзя упускать. И запомни: ты для него такой же подарок, как он для тебя. Поэтому выше голову и больше достоинства и в лице, и в осанке. Пусть видит, что принцессу в жены берет.

Без возражений Светлана горделиво вошла в столовую. Увидев ее, Максим преклонил колено, протянул коробочку с кольцом и торжественно произнес:

— Прошу вас стать моей женой. Да или нет?

— Да, — прошептала Светлана, принимая кольцо.

* * *

Выйдя из кабинета Тураевой, Светлана окунулась в прошлое. Предложение Максима и ее «да» выглядело не романтичным признанием в любви, а деловой сделкой. «Да» было сказано не от чувств, а из сухого расчета. Алиса напугала Светлану. Вернувшись из клуба, девушка была изумлена: как она могла пойти на эскорт? Как попала под гипноз щедрых обещаний Алисы и едва не вляпалась в грязь?!

Пока водитель по ночному городу вез Светлану в ее пентхаус, она припомнила многое, чему раньше не придавала значения. Алиса выбыла из подруг, но не ушла из жизни Светланы. Она всегда была рядом, принимала участие во всех торжествах, но приглашали Алису мужья Светланы или их друзья.

Тураева направила мысли Светланы в неожиданном направлении. «И в самом деле, все мои мужья погибали после общения с Алисой, — вдруг прозрела она. — Именно погибали, а не умирали. Возможно, это лишь совпадение, над которым стоит подумать, но то, что Алиса гипнотизирует всех, становится очевидным. И на эскорт я согласилась не по своей воле, а под гипнозом. Надо завтра рассказать Тураевой об Алисе. Да, и расспросить ее про гипноз», — подвела итоги Светлана.

ГЛАВА 11

Дружеская поддержка

*Мадам Помпадур
покровительствовала науке и искусству:
благодаря ее стараниям Вольтер стал
королевским поэтом.*

Пока в гостиной Сесиль и прислуга сердобольно хлопотали вокруг пострадавшей Алисы, Генрих в бешенстве мерил шагами ковры спальни, в которой он надеялся уединиться с женой по приезду на виллу. Ему все больше и больше хотелось схватить Алису за шиворот и выбросить! Выбросить!

Куда ее выбросить, Доферти не знал, но само желание избавиться от урода не становилось от этого меньше. Вместе с тем он прекрасно понимал, что любой выпад в сторону Алисы неизбежно приведет к конфликту с Сесиль.

«А в последнее время мы с ней только и делаем, что конфликтуем», — с горечью подумал он.

Из гостиной донесся плач Алисы, которой Сесиль с нежными причитаниями дезинфицировала ранку. Доферти поежился, представив, как холодна теперь будет с ним жена.

«Она не простит мне того, что не стоял за ее спиной и не выражал уродке фальшивые сочувствия».

Желание пойти в гостиную и помириться со всеми: с Сесиль, Алисой, еще черт знает с кем — охватило его, но, вспомнив, что он мужчина, Доферти счел за благо продолжать мерить спальню шагами.

Он уже точно знал, что жена и смотреть не захочет в его сторону, не сядет с ним за один стол, не ляжет в одну постель, а потому можно смело возвращаться в Нью-Йорк. И все же уехать не было сил. Да и с Сесиль помириться не так уж трудно, надо всего лишь... Да нет, только не это. Девчонка дрянь, испачкала белые брюки. Где справедливость?

Неизвестно, чем закончилась бы эта размолвка, но приехали крестник Доферти, Фрэнсис Гилби, и его жена Розмари. Тридцатилетний Фрэнсис — сын Уильяма Гилби, покойного друга Генриха — энергичный красавец, жизнерадостный, с великолепными манерами. Он всегда был желанным гостем в семье Доферти.

Сесиль очень близко сошлась со своей ровесницей Розмари. В короткое время они стали настоящими подругами. Фрэнсис же с детских лет относился к дяде Генриху как к старшему брату. Они дружили, несмотря на разницу в возрасте. Генрих, как крестный отец, вводил юного Фрэнсиса во взрослую жизнь. Бывали денечки, когда оба они принимали участие в очень даже рискованных пирушках и вечеринках.

Свой долг крестного отца Доферти выполнял охотно и добросовестно, во многих жизненных ситуациях оказывая Фрэнсису поддержку и советом, и действием. На этот раз давать советы настала очередь Гилби.

— Что за хмурый вид, Генри, неужели на ваш идиллический небосвод набежало облачко? — спросил он сразу же, как только женщины с заговорщическим видом удалились радовать Алису подарками.

— Если бы облачко, Фрэнк. Туча, — со вздохом признался Доферти.

— Как только Розмари сообщила, что звонила Сесиль и просила срочно приехать погостить в Сайсн, я сразу сообразил, что семейная ладья Доферти вот-вот налетит на рифы женского эгоизма.

— И не ошибся.

Гилби признался:

— Я сам настрадался от этого эгоизма и в последнее время не слишком расположен разъезжать по гостям. Розмари даже приготовилась долго меня уговаривать, но я сказал себе: «Надо спешить спасать папашу Генри». И вот я здесь.

— Спасибо, Фрэнк, ты настоящий друг.

— Рассказывай, Генри, в чем дело? Думаю, вдвоем мы одолеем наших прелестных женушек. Голову готов дать на отсечение, что они не зря уединились под каким-то глупым предлогом, к которому я даже прислушиваться не стал. Наверняка разрабатывают план совместных действий.

Доферти горестно вздохнул.

— Да, — согласился он, — Сесиль знает, как я люблю Розмари, именно поэтому она ее и призвала. Уверен, едва наши дамы выйдут из детской, я сразу подвергнусь атаке.

Гилби на секунду задумался.

— Знаешь, Генри, ты не обидишься, если я не стану слишком явно оказывать тебе поддержку в присутствии жен? — озабоченно спросил он.

— Вообще-то нет, а почему?

— Это хитрый маневр. Пусть наши единственные думают, что я их единомышленник, так легче будет склонить упрямиц к нашей точке зрения.

— Отличная мысль, — наивно обрадовался Доферти.

— Теперь, когда мы разобрались с тактикой, пора перейти к стратегии. Я тоже в ссоре с женой, поэтому не в курсе, зачем Розмари накупила игрушек.

— Вот, вот, все дело в игрушках, этих дурацких игрушках, — встрепенулся Генрих. — То есть не в них, конечно, а в том, с чем они связаны. Не буду ходить вокруг да около, а скажу прямо: мы с Сесиль взяли на воспитание ребенка.

— И в чем размолвка? Помнится, ты сам хотел этого, — выразил недоумение Гилби.

Настроившись на более серьезные проблемы, чем ссоры по поводу воспитания детей, он был явно разочарован.

— Хотел, но даже не подозревал, какие опасности таит этот необдуманный шаг.

— Опасности? В чем они? Сесиль не так вытирает вашему сыну нос?

Доферти нахмурился.

— Прекрати, Фрэнк, мне не до шуток. Все вышло совсем не так, как я рассчитывал. В доме содом и гоморра. Все ужасно, кошмарно. В недобрую минуту самого лютого гнева я и врагу такого не пожелаю. Во-первых, это девочка, а я, если ты не забыл, хотел мальчика. Во-вторых... Нет, Фрэнк, объяснить это невозможно, это надо увидеть. Девчонка только по документам девчонка, а на самом деле она настоящий урод.

Гилби отшатнулся, взгляд его загорелся неприличным любопытством.

— Не понял, она что же, гермафродит? — шепотом спросил он.

— Да нет, слава богу, нет, — сам не осознавая того, что разочаровал друга, утешил Генрих. — Обычная девчонка, только ужас какая страшная.

— Страшная, говоришь? Что, неужели так примечательно некрасива?

— Урод, настоящий урод. Ее можно за огромные деньги показывать в зоопарке.

— В цирке, — машинально поправил Фрэнсис. — И как же вас угораздило взять на воспитание такого некрасивого ребенка?

Доферти протяжно вздохнул, издав звук смертельно раненого зверя.

— Не спрашивай, Фрэнк, — закатывая глаза, ответил он, — минутная слабость, в народе зовущаяся добротой, за которую я теперь жестоко расплачиваюсь своим спокойствием и семейным счастьем.

Гилби призадумался.

— Генри, я сочувствую тебе, — трагическим тоном произнес он. — Я нахожусь почти в таком же положении, можно сказать, без пяти минут отец.

Его сообщение потрясло Доферти.

— Вот так новость! Неужели Розмари беременна? — воскликнул он.

— Если бы. Все гораздо хуже, гораздо хуже. Ты разве не в курсе?

— Нет, Фрэнк, нет.

— Так слушай: однажды мы возвращались в свое поместье и увидели бредущего по полю мальчишку. Он шел так, словно в любой момент готов был упасть. Розмари потребовала, чтобы я остановил машину. Я, естественно, как последний дурак, подчинился, и вот результат: теперь этот мальчишка живет в нашем доме.

Доферти внимательно слушал, кивая после каждого слова. Взгляд его был полон сострадания.

— Мальчишка тоже урод? — с надеждой спросил он.

— Нет, хуже, гораздо хуже.

— Хуже!!! — пришел в ужас Доферти. — Разве может быть еще хуже?

— Может. Малец потерял память и даже забыл свое имя. Розмари зовет его Филом.

— Сколько ему лет?

— Никто не знает. Доктор говорит, что лет десять или одиннадцать.

— Как же ты согласился взять его к себе?

— По глупости. В первое время я, как и Розмари, был переполнен жалостью. Только представь, бедняга как во сне передвигался по дому, вздрагивал от каждого шороха. Врач сказал, что ребенок перенес какое-то тяжелейшее потрясение и нуждается в покое.

— А родители, кто его родители?

— Генри, — едва ли не взвыл Фрэнк, — я же тебе сказал, он ничего не помнит. Его родителей ищут все это время, а он лежит у нас в доме. Приходили из какого-то общества сирых и голодных. Предлагали забрать мальчишку, но Розмари даже и слышать об этом не захотела, а я, как последний идиот, поддержал ее.

Доферти с осуждением покачал головой.

— Зачем ты это сделал? — спросил он.

— Генри, я же говорю, он был таким слабым, несчастным ребенком. Тебе же известно, что доброта мое отличительное качество.

— Да, да, конечно, — не слишком искренне подтвердил Доферти.

— И потом он все время молчал. Молчал и слушал. Просто слова не мог вымолвить, знаешь, как это подкупает. А теперь?

— Что теперь?

— Теперь он пришел в себя и заговорил. И нет чтобы сказать, кто его мать и отец. — Гилби потянулся за сигарой. — Нет, Генри, чует мое сердце: плохо закончится эта история.

— Так что же он говорит-то? — заинтересовался Доферти.

— В основном высвечивает мои недостатки, и так по-детски, непосредственно. Недавно при гостях заявил, что у меня кривые ноги. Я был в костюме для верховой езды. Сам знаешь, в этих сапогах самые ровные ноги кажутся слегка кривыми. Так этот негодяй заявил об этом при всех гостях. Представляю, какое удовольствие они получили.

— Все, кроме тебя.

— Да, все, кроме меня. Нет, это черт знает что. И представь, Розмари он называет по имени, как сестру, а меня только папой.

— Папой? Почему?

— Вот и я хотел бы знать. Теперь я стану бездушным мужчиной, если захочу выставить негодника за дверь.

— Но он-то хоть не урод и любит тебя, — неуверенно произнес Доферти.

Гилби только махнул рукой.

— Мальчишка притворяется, — с гримасой отвращения сказал он. — На самом деле он меня просто ненавидит. Это очевидно, но Розмари и слушать меня не хочет. В общем, Генри, мой тебе совет: не давай девчонке приживаться в своем доме. Если бы я сразу повел себя жестко, теперь был бы счастлив, а так одни неприятности. Конец моей спокойной жизни.

— А что я могу сделать?

— Поставь вопрос ребром: или я, или урод. Пусть Сесиль выбирает.

Доферти пришел в ужас.

— Нет, это невозможно! — воскликнул он. — Она так носится с Алисой, так взялась за ее воспитание, боюсь, она выберет не меня.

Гилби усмехнулся.

— Ты что, так плохо думаешь о своей жене? — с иронией спросил он.

— Напротив, очень даже хорошо.

— Тогда ставь ее перед выбором смело и ничего не бойся. На первых порах она, конечно, взбунтуется и даже может уйти из дома, но не пугайся и стой на своем. Уверяю, она очень скоро вернется обратно. И еще больше будет любить тебя.

Доферти с сомнением покачал головой.

— Почему ты так думаешь? — без энтузиазма спросил он.

— Уверен.

— Тогда почему ты сам не поставишь Розмари перед выбором, раз это действует так безотказно?

— Во-первых, я упустил время: она уже слишком привязалась к мальчишке. А во-вторых, у нас совсем другая ситуация.

— Что ты имеешь в виду? — не понял Доферти.

— Ну, сам посуди: Розмари из знатной семьи. От нашего разрыва материально не пострадает, а с Сесиль совсем другое дело. Она уже привыкла к роскошной жизни, привыкла к почету. Как только она лишится всего, да еще останется на руках с уродом, сразу выберет роскошь.

Генрих мысленно подивился мудрости друга и произнес:

— А что, может, ты и прав. Во всяком случае, можно попробовать. Но как мне быть сейчас?

Брови Гилби поползли вверх.

— Ты о чем?

— О Розмари. Наверняка она захочет поговорить со мной и наверняка в присутствии Сесиль. Ты же знаешь, как бывают убедительны женщины.

— Знаю, — охотно подтвердил Фрэнсис. — У меня уже в печенках сидит эта мода на благотворительность.

— Вот-вот, — пригорюнился Генрих. — Против благотворительности, боюсь, у меня не найдется аргументов. Должен же я сохранить лицо джентльмена.

— Должен, а поэтому никаких разговоров. Мы приехали отдохнуть на два дня, вот и будем купаться и загорать. Ты делай вид, что все в порядке. Сесиль вынуждена будет для соблюдения приличий скрывать свои обиды, так пользуйся этим.

— А Розмари?

— А Розмари я беру на себя, — заверил Гилби, но такое заявление не слишком убедило Генриха.

— Что ты ей скажешь? — спросил он.

— Скажу, мол, отпала нужда становиться на защиту ребенка: ты обожаешь Алису. Более того, берусь все устроить так, что Сесиль в эти дни будет настоящим ангелом. Во всяком случае, свои ласки между тобой и уродом она будет распределять более равномерно.

Доферти пришел в изумление.

— Ты, конечно, очень самоуверенный человек, и не без оснований, но здесь у тебя промашка получится, — уныло изрек он.

Гилби лишь усмехнулся.

— Не получится. Я скажу Розмари, что ты ревнуешь жену к ребенку. Ручаюсь, она убедит Сесиль быть с тобой ласковей. А когда мы уедем, сразу же меняй тактику и переходи в наступление. И не забывай про главный наш козырь!

— Это еще какой?

— Про твою двоюродную сестру, графиню Агнес, помешанную на благотворительности. Нам надо за эти дни хорошо отдохнуть и подумать, как сплавить графине нашего мальца и вашу уродку. Графиня будет в восторге. Она взяла на воспитание двадцать детей. Кстати, графиня поможет уговорить наших жен. Она, как увидит сироту, становится убедительной. Ей поклоняются все социальные службы и все попечительские советы. Уж графиня придумает, как и нашу проблему решить, и себе угодить.

Тем временем между Розмари и Сесиль состоялся такой разговор.

— Алиса русская, а сейчас очень модно учить приемных детей языку их родины. У меня на примете есть даже учитель, эмигрант из России, — сообщила Розмари. — Если ты возьмешь его в дом в качестве учителя для Алисы, то Генрих почти не увидит девочки. Ею будет заниматься учитель. Таким образом, в вашем доме восстановятся мир и гармония.

— Идея отличная, — обрадовалась Сесиль и наивно спросила: — А учитель красивый? Генрих не потерпит в своем доме никого некрасивого.

— Не волнуйся, моя дорогая, — успокоила подругу Розмари и мечтательно произнесла: — Георгий настоящий красавец. Высокий, мускулистый, голубоглазый блондин. Сама бы взяла его своему сыну учителем, будь у малыша хоть капелька русской крови. Но, увы, не судьба.

ГЛАВА 12

Соперница

*Маркиза ввела в моду высокие каблуки
и высокие прически, потому что была
маленького роста.*

На этот раз Светлана так стремительно влетела в кабинет Тураевой, словно за ней гнались.

— Что-то случилось? — с тревогой поинтересовалась Альбина.

— Да, случилось, — ответила Светлана, падая на диван и грациозно забрасывая ногу на ногу. — Невольно вы раскрутили спираль моих мыслей. У меня есть подозрение, что на меня покушается моя бывшая подруга Алиса.

Тураева пристально глянула на пациентку поверх очков и спросила:

— Может, пора нанять частного детектива?

— Пробовала. Потратила бездну денег, получила массу бесполезной информации, а в ходе расследования меня чуть не убили.

Светлана говорила уверенно и выглядела, как всегда, победительницей, но Альбина подумала: «Наконец-то она раскрыла все карты. Вот зачем она ходит ко мне, хочет, чтобы я провела анализ ее окружения и выявила врага. Какая наглость! Больше заняться мне нечем, как играть в ее игры, да еще и проигрывать. Пора зарвавшуюся дамочку ставить на место», — решила Тураева.

Она почувствовала себя победительницей, и пришло облегчение. Альбина так была озабочена странной зависимостью от пациентки, что уже собиралась на прием к своему психоаналитику. Да-да, психоаналитики порой тоже нуждаются в психоанализе. Оказываясь внутри ситуации, они не видят проблемы, которая их туда завела. Но теперь все само разложилось по полочкам.

Тураева избавилась от зависимости и невозмутимо произнесла:

— Не понимаю, каким образом какая-то Алиса касается того вопроса, с которым вы явились ко мне? Давайте вернемся к тому, с чего начали. Вы еще хотите выглядеть обычной женщиной?

— Очень хочу, — решительно заявила Светлана, не догадываясь, что угодила в ловко поставленный капкан.

— Этот вопрос и решаем, — с компетентным видом произнесла Тураева. — Вопрос легкий, исчерпывается на первом же приеме, а мы топчемся на месте уже много дней. Для того чтобы вы превратились в обычную женщину, не нужен психоанализ. Надо просто исчезнуть из вашего круга, оставить все деньги в пентхаусе, снять дешевую квартиру, устроиться на мало оплачиваемую работу, и все. Энгельс сказал: «Бытие определяет сознание». Психологи с ним согласились. Пожив такой жизнью, вы быстро превратитесь в обычную женщину. Кстати, и проблемы с покушением останутся в прошлом. Сэкономите на частном детективе.

— Но я не хочу превращаться в обычную женщину, — растерянно призналась Светлана. — Я хочу выглядеть как обычная женщина, чтобы понравиться простому мужчине. Мне кажется, я в него влюблена.

Тураева насладилась победой и растерянностью Светланы, улыбнулась и с иронией произнесла:

— Вам ли не знать, как влюбить в себя любого мужчину? Никогда не поверю, что это ваша проблема. В этом деле, боюсь, вы меня можете многому научить, — усмехнулась она и строго добавила: — Рекомендации вы получили. Прием окончен. Спасибо, с вами было приятно работать.

Светлана опешила:

— Вы меня выгоняете? За что?

— Извините, не поняла вопроса, — любезно осведомилась Альбина.

— Выгоняете и глумитесь. Хотите отделаться от меня дежурной фразой «прием окончен, спасибо, с вами было приятно работать». Чем же я так провинилась?

Тураева видела перед собой не гордячку и победительницу, а растоптанную, полную отчаяния женщину.

— Поймите, я не могу тратить время на простые случаи, — почти ласково сказала она. — Я только что защитила докторскую диссертацию. У меня масса амбиций, хочу стать членкором. Для этого я должна написать много научных статей, несколько монографий и вырастить не менее пяти кандидатов наук. Мне нужен научный материал, пациенты с уникальными заболеваниями, вы же здоровы.

Светлана сникла и резюмировала:

— Ясно, я вам неинтересна. Извините, что отняла ваше время.

Из кабинета она вышла в задумчивости, словно сомнамбула: жалкая и неприкаянная.

Тураева по природе своей тоже была победительницей. Она только что уложила на обе лопатки дерзнувшую бросить ей вызов, одержала победу, но испытала не радость, а горечь утраты. Даже удовлетворение не пришло, лишь пустота: исчез яркий фрагмент ее жизни. Более того, место достойной соперницы заняло чувство вины, а увлекательная борьба превратилась вдруг в жалость.

Какое-то время Альбина пыталась радоваться освободившемуся времени, пыталась уйти с головой в работу над новой статьей, но мысли о Светлане мешали.

«Кто мог подумать, что она окажется такой ранимой? — утешала себя Альбина. — Разве можно было предположить, что она так расстроится? И чем я могу быть полезна? Анализировать всех друзей и знакомых? Может, еще под гипноз их всех посадить и спросить: «Не вы ль покушались?» Я все правильно сделала. Весь мир не обогреешь», — заключила она себе в оправдание.

Однако работа не шла.

«Ладно, поеду домой. Зато с мужем пораньше увижусь», — решила Альбина.

Она поручила секретарше закрыть и поставить на сигнализацию офис и поспешила домой. На автостоянке Тураеву поджидало еще одно огорчение: ее «Мазда» стояла со спущенным колесом.

«Придется вызвать такси», — подумала Альбина, извлекая из кармана айфон.

Не успела она набрать нужный номер, как проезжающий мимо джип «Бентли» неожиданно остановился. Из него вышел импозантный мужчина и воскликнул:

— Невозможно проехать мимо, когда у красивой женщины дорожные неприятности! Могу вам помочь. Есть запаска? Сейчас поменяем.

— В том-то и дело, что нет, — уныло вздохнула Тураева.

Мужчина с сочувствием и осуждением покачал головой, улыбнулся и предложил:

— Если вы не против, охотно вас подвезу.

— Буду очень вам благодарна, — согласилась Альбина.

В дороге мужчина шутил, пытался с ней флиртовать, но жизнь Тураевой была так плотно заполнена семьей и наукой, что места для интрижек в ней не предполагалось. Альбина источала серьезность и неприступность. Мужчина отступил, снял улыбку с лица и вежливо осведомился:

— Вы не против, если я немного изменю ваш обычный маршрут? Мне надо на секунду забежать к другу в офис. Это буквально минута, не больше.

— Конечно, я за, — кивнула Тураева.

«Бентли» припарковался напротив ресторана. Мужчина включил магнитолу, пояснил «чтобы не скучали» и ушел. Альбина осталась в машине одна. Она механически слушала музыку, рассматривала прохожих, но думала о Светлане. Неожиданно для себя она увидела ее, стремительно идущую, выделяющуюся из толпы, красивую и нарядную.

«Интересно, куда эта дамочка так спешит?» — проявила любопытство Альбина.

Проследив взглядом за траекторией Светланы, Тураева ахнула. Дамочка спешила к дверям ресторана, но не это потрясло и возмутило Альбину. Ужас был в том, что у входа стоял сам Тураев. С дурацким букетом роз. Еще ужасней оказалось дальнейшее. Муж Альбины и Светлана встретились страстным и длительным поцелуем, не оставлявшим сомнений, что между ними горячие отношения.

ГЛАВА 13

Под маской

*Людовик XV, наблюдая
за процессией похорон маркизы:
«Какую же отвратительную погоду
вы выбрали для последней прогулки,
мадам».*

У Тураевой потемнело в глазах. Возникло желание вынестись из машины, надавать мужу пощечин, расцарапать лицо сопернице, но она мысленно остановила себя: «Это непрофессионально. Надо действовать хладнокровно и умно». А душа болела и протестовала против затянувшегося поцелуя.

«Сначала прервем поцелуй», — решила Тураева, отсылая СМС мужу: «Чем занимаешься?»

Не прерывая поцелуя, он достал телефон из кармана, глянул на сообщение и наконец-то отстранился от Светланы, набрал СМС: «Работаю, родная».

«Вижу, как ты работаешь», — вспыхнув, подумала Альбина и послала сообщение: «А я освободилась пораньше. Хотела вечер с тобой провести».

Воровато оглядываясь, муж вручил Светлане букет и увлек ее в ресторан.

— Преступники скрылись из вида, — проворчала Тураева, читая ответ: «Жаль, а я страшно занят». — А уж мне-то как страшно! — взвыла Альбина и отправила: «Любимый, когда вернешься домой?»

Ответ пришел быстро: «Как только отпустят, сразу вернусь, дорогая».

И лента из смайликов: поцелуи, сердечки и мордочка со слезами.

— Вот паразит! — разрыдалась Альбина. — Придет, когда отпустят его! А эта акула, похоже, отпускать его не собирается!

Тураева до этой минуты была убеждена, что прожила с мужем восемнадцать счастливых лет, а теперь выясняется, что беды, от которых спасала она пациенток, угнездились в ее семье.

«Что делать? — лихорадочно заработал мозг Альбины. — Я в панике! Как это остановить? Меня всю трясет! Господи! За что мне это?! За что?! Стоп! — осенило ее. — А случайно ли появилась в моем кабинете Светлана?»

Тураеву трясти перестало: теперь ее бросило в жар: «Она играет со мной как кошка с мышкой! Никто на нее не покушается, это все сказки-отмазки. Как выяснить? Боже, что делать с телом? Оно не слушается меня. Выдохни».

Альбина откинулась на спинку сиденья и несколько раз глубоко вдохнула и выдохнула воздух.

«Допустим, я — моя пациентка. Какой совет будем давать? Как проверить, Светлана попала ко мне на прием случайно или это продуманная провокация?»

Поразмыслив, Альбина решила ей позвонить. И позвонила: Светлана сбросила звонок.

— А чего я ждала?! — зарыдала Альбина.

Однако очень быстро Светлана ей позвонила сама.

— Извините, — шепотом сказала она, — не могла вам ответить. У меня такой праздник! — радостно взвизгнула она и испуганно перешла на шепот: — Представляете, он впервые меня в ресторан пригласил! И подарил букет роз! Ресторан, конечно, не из самых дорогих, да и букет простенький и дешевый, но я счастлива!

— Да о ком вы говорите? — сердито спросила Альбина.

— Да о мужчине том. Помните, я вам говорила, что влюбилась в простого мужчину?

Тураева, вскипая, подумала: «Тварь! Мой муж тебе не простой! Ишь цаца какая! Не в тот ресторан впервые ее пригласил! Долго тебе придется ждать второго ресторана, уж я постараюсь! Да и на букеты не скоро расщедрится».

Однако ответ ее был полон сочувствия:

— Светлана, вы такая расстроенная уходили, теперь меня мучает совесть. Ваша жизнь действительно подвергается риску?

Соперница сникла и горестно произнесла:

— Я почти уверена, что все мои мужья были убиты, а теперь кто-то принялся за меня. Несколько раз покушались. Я живу в страхе.

«Вижу, в каком страхе живешь, чужих мужей обольщаешь», — мысленно лягнулась Тураева, но вслух произнесла:

— Сочувствую. Приезжайте, я сделаю все, чтобы вам помочь.

— А как же ваши статьи и монографии?

— Вы серьезно считаете, что я смогу писать монографию, зная, что вы погибли, а я даже не попробовала вас спасти? За кого вы меня принимаете?

— За очень умную, добрую и благородную женщину, — прошептала Светлана. — Я потому и пришла к вам, что вас именно так мне отрекомендовали.

— Кто отрекомендовал, если не секрет? — поинтересовалась Альбина.

— Академик Светловский.

— Яков Генрихович?

— Да, он дальний родственник моей подруги, — пояснила Светлана. — Называл вас волшебницей.

— Польщена, — улыбнулась Тураева и подумала: «Она случайно ко мне забрела. Яков Генрихович мой научный руководитель. Но устроим еще проверочку».

— Значит, вы ко мне приезжаете? — спросила она. Светлана, похоже, обрадовалась.

— Да, прямо сейчас выезжаю, только Олегу скажу, что у меня появились дела, — защебетала она, при этом стала похожа на девочку.

«И такой, значит, бывает она, — мысленно удивилась Альбина, — испуганной щебетуньей-девчонкой. И эта девчонка моего-то Олегом зовет, ой, не могу, сейчас зареву».

Но не заревела, а спокойно сказала:

— Ну, зачем же сейчас? Возлюбленный первый раз пригласил в ресторан — наслаждайтесь. Встретимся завтра в обычное время.

— Спасибо, — поблагодарила Светлана, — встретимся завтра. Желаю и вам провести этот вечер счастливо.

— Спасибо. Обязательно, — с достоинством ответила Тураева и, отключившись от разговора, в голос завыла: — О-о-о! Как они меня бесят! Оба! Эта сучка еще счастливого вечера мне желает!

Наплакавшись, она вспомнила, что сидит в чужой машине и довольно долго уже ждет хозяина.

«Хотя почему долго? — спросила себя Альбина, взглянув на часы. — Прошло всего десять минут, а столько пережила, что хватит на годы. Но что делать теперь? Ехать домой и сходить там с ума? Что я посоветовала бы в такой ситуации своей пациентке?»

Войдя в привычную роль психоаналитика, Тураева начала перечислять: «Первое, отвлечься, не нагонять в организм гормонов страха, поберечь нервную систему. Второе, поднять себе самооценку, которая при таких стрессах падает. Третье, сделать над собой усилие и постараться получить удовольствие. Четвертое, отогреться на мужской груди, что поможет выполнить первые три пункта».

В этот момент вернулся хозяин автомобиля. Взглянув на Тураеву, он удивленно спросил:

— Вы плачете?

— Да, — вытирая слезы, призналась Альбина. — Пока вы ходили по делам, я увидела своего мужа.

Договорить она не смогла: под его сочувственным взглядом хлынули слезы, душили рыдания. Она спрятала в ладонях лицо и пропищала:

— Простите.

— Ваш муж был не один? — догадался мужчина.

Тураева горестно закивала:

— Он был с любовницей. Они сидят в ресторане.

Мужчина оторвал ее ладони от лица и сказал:

— Меня зовут Александром, а вас?

— А я Альбина.

Он улыбнулся:

— Красивая женщина. Красивое имя. А давайте я вас приглашу в ресторан. И не в этот, дешевый, а в дорогой.

— А давайте, — махнула рукой Альбина, вытерла слезы и улыбнулась.

ГЛАВА 14

Учитель

*Искусство политики состоит в том,
чтобы знать время, когда солгать,
и знать время, когда промолчать.*

Маркиза Помпадур.

К удивлению Доферти, его жена вновь была мила и нежна. Эти два дня, пока Гилби гостили в Сайсне, Генрих был счастлив. Если Сесиль и уделяла внимание Алисе, то в отсутствие мужа. Девочка не ходила с ними на пляж, не сидела за одним столом, не носилась вечерами по гостиной. Даже упоминаний о ребенке все, словно сговорившись, тщательно избегали. Чудным образом все устроилось так, словно Алисы и не было в доме. Ее отдали на попечение няни.

«Что ж, это мне нравится, пусть остается девчонка», — в порыве великодушия решил Генрих и вскоре пожалел о своей снисходительности.

Едва Фрэнсис и Розмари покинули виллу, все вернулось на свои места. На этот раз Алиса не только назойливо обнаруживала свое присутствие, она проходу не давала Генриху. Девчонка лезла с дурацкими вопросами за завтраком, заглядывала ему в глаза за обедом, упрямо вкладывала свою ладошку в его руку во время прогулки по саду и однажды — о ужас! — даже попыталась чмокнуть его в щеку перед тем, как отправиться в детскую спать.

— Больше не делай так, — прошипел Генрих.

От неожиданности он не смог скрыть брезгливости и оттолкнул Алису, но та не обиделась и даже не удивилась. Слава богу, Сесиль не заметила этого, иначе скандала не избежать.

Но больше всего Генриха раздражало пристрастие девочки называть его папочкой. Это было невыносимо, потому что казалось фальшивым и оскорбительным. Подумать только, он, Генрих Доферти, потомок старинного рода, богатейший человек, принадлежащий к космополитической аристократии, и вдруг папочка ужасающего урода.

Несколько дней Доферти стоически переносил эти пытки, готовясь к серьезному разговору с Сесиль и выжидая благоприятного момента.

«Завтра, поставлю ультиматум завтра», — твердил он себе и не решался.

Но время шло, к тому же пора было возвращаться в Нью-Йорк.

Доферти паниковал: «Как быть?»

Разругаться с женой и уехать ему совсем не хотелось, а скандала не избежать.

«И еще неизвестно, кто именно выйдет победителем из скандала, я или урод!» — удрученно раздумывал Генрих за завтраком, когда в его мысли вплелось воркование довольной Сесиль.

— Дорогой, — обратилась она к мужу, — Розмари мне подсказала идею, которая требует твоего одобрения.

Доферти насторожился:

— Что за идея?

— Алиса русская девочка, а сейчас модно учить приемных детей языку их родины. Нашей семье не пристало отставать от моды благородных мотивов и дел. Розмари уже рекомендовала мне учителя русского языка. Надеюсь, ты одобришь нашу затею.

— Смотря как это будет выглядеть, — задумчиво ответил Генрих.

Сесиль молитвенно сложила ладошки и мечтательно произнесла:

— Мы всей семьей возвращаемся в Нью-Йорк, нанимаем Алисе учителя, селим его в дом для гостей, и ежедневно, с утра и до вечера, он общается с девочкой. Для изучения языка требуется много общения, поэтому Алиса с няней почти весь день будут с учителем. Вечером ребенок вернется в свою комнату и ляжет спать. Учитель нам обойдется в сумму его жалованья плюс питание.

Идея Доферти очень понравилась, однако он уточнил:

— А куда мы денем гостей?

— Ах, милый, — улыбнулась Сесиль. — Гости не так уж часто приезжают к нам издалека, но если такое случится, мы отправим учителя в отпуск.

Довольный Генрих внес уточнение:

— Мы ему снимем квартиру, в которой он временно поселится с Алисой и няней.

Упреждая вопросы жены, Доферти пояснил:

— Дорогая, изучение русского языка требует каждодневных занятий. Поскольку перерывов делать нельзя, придется пойти на такие вот жертвы. Мы, конечно, без Алисы будем скучать, но ничего не поделаешь. К тому же наши гости обычно не задерживаются надолго. Ты согласна?

— Согласна! — обрадовалась Сесиль. — В любом случае я буду навещать нашу малышку. Давай сегодня уедем в Нью-Йорк.

— Счастлив исполнить любое твое желание, — ответил Генрих, подумав: «Ну уж я назову в дом гостей».

Уже вечером супруги с Алисой были в Нью-Йорке.

Утром, за завтраком, Сесиль поинтересовалась у мужа:

— Милый, когда ты займешься учителем?

Доферти невозмутимо ответил:

— Им займется экономка. Ты же знаешь, я прислугой не занимаюсь.

— Но потребуется, наверное, составить с ним договор.

— Августа с такими делами прекрасно справляется. Я дал ей доверенность на заключение договоров с прислугой.

Сесиль удивилась:

— Ты учителя русского языка относишь к прислуге?

— Нет, конечно, — миролюбиво ответил Генрих. — Будем считать его служащим в нашем доме. А что, есть принципиальная разница?

— Не знаю, — растерялась Сесиль, — я не очень в этом разбираюсь, но Георг образованный человек.

— Отлично. Пусть Августа его принимает на службу, а я помчался, — сказал Доферти, вскакивая со стула.

Он обежал вокруг стола, чмокнул в щеку жену и извинился:

— Прости, дорогая, опаздываю. Дела.

— Ты даже на него не посмотришь? — удивилась Сесиль.

Доферти опешил:

— Зачем?

— А если он тебе не понравится?

— Милая, у него рекомендация от Розмари, а она в таких делах разбирается. До вечера, милая, убегаю.

Однако Сесиль проявила упрямство. Во избежание недоразумений она остановила мужа вопросом:

— Но вдруг он покажется тебе некрасивым? Ты же любишь, чтобы в нашем доме все было только красивое.

Доферти отмахнулся:

— Дорогая, я не собираюсь с ним видеться. Георг не мой учитель. Главное, чтобы он нравился нашей Алисе.

Какое-то время об учителе не вспоминали. Генрих знал о его присутствии лишь по отсутствию в доме Алисы и был чрезвычайно доволен. В его семью вернулась гармония: Сесиль была весела утром, нежна вечером и покладиста ночью. Доферти был снова счастлив. Он даже научил себя чмокать Алису вечером перед сном. Впрочем, этим и заканчивалось его общение с девочкой.

Однажды Доферти приехал домой днем, чего никогда не делал. У него нашлось свободное время в будний день пообедать с женой. Однако, порыскав по дому, он Сесиль не нашел. Августа ему сообщила, что госпожа Доферти в домике для гостей. Генриху новость совсем не понравилась.

— Сходить за госпожой? — спросила Августа.

Он отрицательно покачал головой:

— Не надо, я сам. Заодно посмотрю на успехи Алисы.

— Как знаете, — проворчала Августа и скрылась в своем кабинете.

А Доферти, чинно покинув дом, припустил по дорожке бегом, словно мальчишка. Генрих никогда еще не ревновал Сесиль, но теперь в его голове рисовались картины одна страшнее другой. Ловко уворачиваясь от веток цветущих гортензий, он подлетел к окнам, но они были зашторены от палящего солнца. Без стука он влетел в холл и увидел молодого мужчину, необычайно красивого. Мужчина разговаривал с Алисой на странном своем языке. При этом они выкладывали из кубиков какие-то слова. Доферти поискал глазами жену. Сесиль сидела на диване под кадкой с пальмой и спокойно читала книгу. Рядом с ней пристроилась няня, вяжущая чулок.

Увидев мужа, Сесиль обрадовалась, вскочила и бросилась на шею Доферти. Он вздохнул с облегчением и сказал:

— Я приехал пообедать с тобой, дорогая.

— Генри, я так счастлива! Спасибо тебе за сюрприз!

Мужчина прекратил свое занятие и, смущенный, стоял в ожидании.

— Ах, я забыла вас познакомить, — рассмеялась Сесиль. — Генри, это учитель Алисы.

Мужчина с поклоном представился на довольно приличном английском:

— Мое имя Георгий. Зовите меня Георг.

ГЛАВА 15

Детективный психоанализ

Надо иметь ум для того, чтобы делать добро; дураки на это не способны.

Маркиза Помпадур.

Светлана влетела в приемную Тураевой и ахнула: просторную комнату, в которой стояли стол секретаря и пара кресел для пациентов, занимал необъятный, невиданных размеров букет. Зиночка, привстав с места, улыбнулась и с видом виновницы цветочного буйства сказала:

— Да, да, теперь мы вот так живем.

Светлана удивленно вымолвила:

— Потрясающе. В жизни не видела ничего подобного, но как это сюда занесли?

Зиночка сухо поведала:

— Частями затаскивали. Час собирали прямо в приемной.

Спохватившись, она предложила:

— Проходите, доктор вас ждет.

Дверь кабинета внезапно раскрылась: на голоса выглянула Тураева. Забыв поприветствовать пациентку, она изумленно уставилась на гигантский букет.

— Что это? — строго спросила она. — Откуда? И от кого?

Зиночка понятия не имела, но в присутствии Светланы не растерялась.

— От благодарных пациентов, — доложила она.

Тураева заметила наконец Светлану и вежливо произнесла:

— Проходите ко мне. Я задержусь на минуту.

Прикрыв за пациенткой дверь, Тураева озадачилась:

— И как убирать эту роскошь, когда она завянет? Зиночка сообщила:

— Дизайнер гарантировал, букет будет жить десять дней, а потом фирма сама его разберет и увезет.

Альбина с любопытством подумала: «Интересно, есть ли в букете послание?»

Легко отыскав среди лилий огромный конверт, оказавшийся шедевром дизайнерского искусства, Тураева извлекла из него открытку формата А4, восхищенно ее оценив:

— О, мой портрет. Ручная работа. Зиночка, принеси-ка очки. Интересно, кто автор? Спасибо, не надо, — остановила она секретаршу, метнувшуюся к кабинету. — Подпись уже прочитала, сам Николай Дмитриенко. Надо же, какая мне честь.

Портрет, мастерски исполненный акриловыми красками на лицевой стороне открытки, Альбине понравился.

«Такую красоту лишь в рамку, да и на стену», — подумала она, раскрывая уникальную открытку и читая: «Красивой женщине с красивым именем».

«Ясно от кого», — удовлетворенно кивнула Тураева и вошла в кабинет.

Накануне Альбина хорошо посидела в роскошном ресторане с Александром. Пофлиртовала, выпила дорогого вина и даже потанцевала. Однако домой она вернулась значительно раньше мужа. У нее было время обдумать тактику поведения со Светланой.

«Мы должны стать подругами», — решила она против всех правил психоанализа.

Пациентка и психоаналитик дружить не могут: дружба несовместима с объективным психоанализом.

«Да какой она мне пациент? Это соперница, — себе в оправдание возмутилась Тураева. — Раз мне так надо, мы должны стать подругами. Таким образом, я буду держать руку на пульсе, знать, что у них происходит, и даже руководить их отношениями».

Придя к такому решению, она успокоилась, приняла снотворное и, чтобы не встречаться с мужем, легла спать.

Теперь же, входя в кабинет, она бодро приветствовала Светлану:

— Добрый вечер. Рада вас видеть. Очень хочу вам помочь, поэтому сразу приступим к делу. Вы что-то говорили про Алису. Вашу подругу Алису.

— Она уже не подруга мне, — возразила Светлана. — Более того, похоже, я ее ненавижу.

— Ого! Даже так? — удивилась Тураева. — Она вызывает столь сильные чувства. Хотелось бы узнать о ней поподробней.

— Алиса... — Светлана задумалась, но вскоре продолжила: — Алиса странная личность. Я бы сказала, личность таинственная. Она всех знает, ее все знают. Ну как знают? Все с ней знакомы, но никому о ней ничего не известно.

Альбина кивнула:

— Ясно. А чем она вас заинтересовала? Почему вы подумали именно о ней?

— Понимаете, окунаясь в прошлое, я обнаружила, что перед смертью всех моих мужей, так или иначе, появлялась Алиса. Можно сказать, что она была с ними в плотном контакте. Я подозреваю, что она владеет гипнозом. Скажите, это возможно?

— Ну, если Алиса задалась такой целью, — задумчиво ответила Тураева, — то вполне могла обучиться гипнозу. Получив хорошие деньги, любой психиатр взялся бы за обучение.

Светлана изумленно спросила:

— Неужели можно брать любого человека и обучать гипнозу?

Тураева слегка пожала плечами:

— Нужно, конечно, иметь способности. От них зависит уровень мастерства. А вы полагаете, что Алиса гипнотизировала и убивала ваших мужей? И каким же образом она это делала?

— Ох, если б я могла знать, — вздохнула Светлана.

— Давайте подумаем вместе, — предложила Альбина. — Давайте начнем с первого мужа. Кажется, его звали Максим?

— Да, Максим.

— Кстати, как вы с ним жили? — спросила Тураева. — Ссоры бывали? Особенно накануне его гибели.

— В том-то и дело, что у нас совсем не было ссор. Наш брак был заключен по расчету. Он, можно сказать, был случайным. У меня был сложный период, он невесту искал. Ему встретилась девушка из хорошего общества, из хорошей семьи с обширными связями. Думаю, как бизнесмен, в этом браке он ценил именно связи отца невесты.

— Ну, напрасно вы так, — успокоила соперницу Тураева. — Вы красивы сейчас, а в молодости, я думаю, были неотразимы.

— Спасибо за комплимент, — улыбнулась Светлана и продолжила: — Мы, несмотря на расчеты Максима, сразу влюбились друг в друга. Счастливо прожили три года. Бизнес его процветал. У нас не было ссор. Он погиб на пике нашего счастья. Внезапно. В свой день рождения.

Тураева уточнила:

— Ему никто не угрожал? Может, проблемы с бизнесом? — предположила она.

— Эти вопросы задавал мне и следователь, — сообщила Светлана. — Нет, нет. Все было просто чудесно, безоблачно. Вы знаете, Максим записку оставил. Посмертную. В ней написал: «Скучно. Надоело».

— Оставил где?

— Да... — запнулась Светлана. — Это я так сказала. Он даже и не оставил. Записку в его бумагах позже нашли.

— А почему вы пришли к мысли, что в смерти Максима виновна Алиса?

— Она все время вертелась возле моих мужей. Причем накануне их смерти.

Тураева подумала и спросила:

— А как случилось, что Алиса выбыла из числа ваших подруг, но осталась в вашей жизни? Обычно так не бывает.

— Сама не понимаю, каким-то странным образом. Впрочем, она никогда и не была в моей жизни. Скорее она присутствовала в жизни моих мужей. Все они занимались бизнесом, а я туда не вникала. Алиса, думаю, была как-то причастна к делам мужей. Для меня удивительно, что Максим пригласил ее на свой день рождения.

— Вы не спросили об этом его?

Светлана, словно сама удивляясь, покачала головой:

— Нет, не спросила. Это сущая мелочь на фоне предстоящего торжества. Была суматоха, готовились к празднику. Открытки, подарки, планы. Ну, вы меня понимаете. И потом, Максим создал интригу. Решил собрать всех в нашей квартире. Так обычно не принято.

Тураева поделилась своим ощущением:

— Складывается впечатление, что вас что-то смущает.

— Знаете, да, смущает меня револьвер. Тем более никелированный. У Максима было безупречное чувство меры и вкуса. Никелированный револьвер для него моветон. Такое оружие любят наркобароны. И потом, револьвер бы хранился в домашнем сейфе, а там оружия не было.

— Вы полагаете, что револьвер принесла Алиса? — спросила Тураева. — Откуда у нее револьвер?

Светлана заверила:

— Алиса может достать что угодно. У нее обширные связи.

— Попробуйте нарисовать мне картину убийства так, как вы ее видите, — задушевно сказала Альбина.

— То, что я думаю, кажется мне фантастичным. Однако мне рисуется такая картина: Алиса подбила Максима на розыгрыш, который закончился для него так трагично. Максим любил шутки и розыгрыши. Сам частенько их организовывал. Заказывал частным специалистам и фирмам. Не скупясь, платил мастерам этого дела. Разыгрывал друзей и даже деловых партнеров. Он любил жить весело, с огоньком.

— Следовательно, его несложно было подбить на розыгрыш, — подытожила мысли Светланы Тураева.

— О, совсем не сложно. Удивляет, как Алиса его заставила или убедила выстрелить себе в голову? Настоящим патроном! Он точно был под гипнозом.

— Но зачем же такие сложности? Она могла обмануть Максима, сказать, что сварила патрон.

— Вы так хорошо разбираетесь в подобных деталях? — удивилась Светлана.

Тураева пояснила:

— Да. Кое-что знаю. Мой муж охотник. Но вернемся к Алисе с Максимом. Выходит, она дала ему револьвер с боевым патроном для розыгрыша. Максим, доверяя Алисе, выстрелил из поднесенного ему револьвера себе в голову и погиб. Так вы полагаете? — уточнила она.

— Да. И это было началом. За смертью Максима последовали смерти всех моих мужей и мужчин. Я вам больше скажу, — почему-то прошептала Светлана, — Олег, мой любимый мужчина, подвергается той же опасности.

— Вы думаете, что вашего Олега тоже могут убить? — скрывая ужас, спросила Альбина.

И ее бросило в жар.

ГЛАВА 16

Неожиданность

*Амбиции большинства женщин состоят
в том, чтобы нравиться.*

Маркиза Помпадур.

Олег одиноко сидел в парке на скамейке и нервно курил. Когда Светлана к нему подошла, он даже не встал. Олег смотрел на нее снизу вверх с видом угрюмого пса, привязанного у гипермаркета. В руке его дымилась сигарета. Судя по количеству окурков, лежащих у ног Олега, курил он много.

Светлана села рядом, прижалась к нему, взяла его под руку и произнесла:

— Что-то холодно. Ветер прохладный.

Он молчал. Светлана потрепала его по волосам и виновато сказала:

— Ну, Олежа. Ну, не сердись. Ну да, я опоздала.

— На целый час, — процедил он.

— Ну, не на час, минут на сорок всего.

— Нет, на час, — мрачно повторил Олег и после недолгой паузы добавил: — Я считал каждую минуту.

— Расстроился? Думал, я уже не приду?

Олег признался:

— Каждый раз так думаю.

— Опа! — поразилась Светлана. — А я об этом не знала. Почему так думаешь? Ты не веришь, что я люблю тебя?

— Я чувствую, что ты... — Он замялся, но все же нашел слова. — Ты не такая, как все. Ты нездешняя, ты из другой жизни. Не из моей.

Она прикинулась удивленной:

— Не поняла, что ты имеешь в виду. Все женщины одинаковы. Не бывает принцев на белом коне, и нигде не живет Ассоль, ждущая алые паруса.

— Ты мне зубы не заговаривай, — сердито сказал Олег и выстрелил в Светлану вопросом: — Где ты была?

Она виновато пожала плечами:

— Проблемы с подругой. И все так неожиданно.

— А позвонить нельзя было? — резко спросил Олег.

— Не могла я оттуда звонить, — сложив молитвенно руки, тоном маленькой девочки сообщила Светлана и сделала вид, что рассердилась. — Ну что это за допрос? Надо же, какой ты ревнивый. Мы уже полгода встречаемся, но раньше ты таким не был.

— Раньше я тебя так не любил, — с тоской признался Олег.

Не скрывая радости, она улыбнулась и спросила:

— Олежа, куда пойдем? Вчера мы с тобой хорошо погуляли в ресторане. Твои цветочки стоят у меня дома.

Говоря о цветочках, о том жалком букетике, который он ей вчера подарил, Светлана подумала: «Да-а. Хорошо погуляли. На его последние деньги. Чувствую, что сегодня он на мели. На отель денег нет. Свою помощь я предложить не могу — обижу. Но он чувствует, что должен куда-нибудь меня сводить. Да-а, нелегко быть простой женщиной, нелегко встречаться с простым мужчиной».

— Олежа, так захотелось чашечку кофе и пирожное, — схитрила она. — Пойдем в кафешку напротив? Оттуда веет приятными запахами.

Олег, вставая, запустил в воздух окурок и согласился:

— Пойдем.

Она услышала в его голосе облегчение: предложение оказалось ему по карману. Молча прошлись по аллее. Он закурил еще одну сигарету.

Светлана восстала:

— Олежа, ну хватит дымить. Ты обещал, что бросишь.

— Брошу? Из-за тебя и закурил. До этого вел здоровый образ жизни.

— Что, прям так меня любишь? — игриво спросила она, озорно заглядывая в его глаза.

Он не принял игривого тона и серьезно ответил:

— Очень люблю.

В его голосе прозвучало страдание. Светлане стало неловко, она притихла и молчала, пока не вошли в кафе. Олег выбрал самое дорогое пирожное, но она поспешно сказала, указывая на скромную трубочку:

— Нет-нет, такие я не люблю. Купи мне эклерчиков.

Отметив, что ее выбор его не огорчил, Светлана отправилась к столику. Олег принес на подносе эклеры и две чашки эспрессо. Перекусив, вышли на улицу. Вид у него был подавленный.

«Не знает, куда меня повести, — догадалась Светлана. — Вариантов немного с пустыми карманами. Придется придумать самой».

— А поехали кататься, — предложила она. — Что-то так захотелось за город. На природу, на свежий воздух.

Олег нерешительно возразил:

— Да темно уже на улице, чтобы за город ехать.

Светлана, понизив тон, игриво пропела:

— А у меня така-ая иде-ея.

Олег догадался, куда она клонит, и лукаво спросил:

— Что, не хочешь в отель?

— Если честно, совсем не хочу, — призналась она. — Надоели противные липкие взгляды портье и вопросы: «Вам люкс или полулюкс?» Словно в кармане моем копаются.

— Да, — вздохнул он. — Неприятно.

— А почему ты никогда не приглашаешь меня к себе? — спросила Светлана. — Ты холостой. Или живешь в коммуналке?

Олег вздохнул и солгал:

— У меня не коммуналка, но такая берлога, что вести тебя туда стыдно. А почему ты меня к себе не поведешь?

— Опа! — удивилась Светлана. — Даже не думала об этом. А что, можно?

— А почему нельзя? Женский уют, тепло, я бы не отказался побывать у тебя дома.

Светлана внезапно спросила:

— Олежа, а какие у нас с тобой отношения? У тебя есть на меня планы?

— Есть. Хочу насобирать денег на свадьбу. Через полгода поженимся.

В кармане Олега тихо звякнул смартфон. Отвернувшись от Светланы, он прочел СМС. Писала жена: «Милый, ты скоро будешь? Я тебя жду». Он быстро набрал ответ: «Задержусь, срочное дело». Сунул смартфон в карман и подумал: «Теперь Альбина будет одно за другим посылать сообщения».

Светлана сделала вид, что ей нет дела до переписки Олега.

— Через полгода поженимся, — продолжил он.

«Интересно, — подумала Светлана, — как ты собрался на мне жениться через полгода? У тебя нет денег даже на примитивный отель, на обычный номер, про люкс помолчу».

— Ну ладно, — сказала она, — мы едем кататься? Олег с улыбкой кивнул:

— Если очень хочешь, поедем.

Он вывел машину за город: покатили по магистрали в сторону Питера. В салоне звучала музыка. Светлана смеялась, дурачилась, подпевала. Смартфон в кармане Олега буйствовал, посылая СМС, он не отвечал. Вскоре свернул с шоссе на проселок, остановился рядом с березовой рощей и потянулся с поцелуем к Светлане.

Она отстранилась игриво и озорно попросила:

— Пойдем погуляем среди березок.

— Темно же, — изумился Олег.

— А ты оставь фары включенными, вот и будет светло.

— Сделаем.

Они вошли в рощу, прячась среди деревьев от слепящего света фар. Светлана прижалась к Олегу. Их губы встретились: он страстно и долго ее целовал.

— Хочу здесь, — прошептала она. — Прямо в роще.

— Попу исколешь.

— А я сверху.

Руки Светланы проникли под рубашку Олега и скользнули по его широкой груди. Близко послышался рокот автомобильного мотора, вдруг стало темно.

— Что случилось? — испугалась она.

Он ее успокоил:

— Не бойся. Думаю, что-то с электрикой. Пойдем, гляну, что там не так.

Они выбрались из рощицы на дорогу, но автомобиля его не нашли.

Олег растерянно посмотрел на Светлану и сообщил:

— Машину угнали.

— Придется идти пешком и ловить попутку, — вздохнула она и добавила: — Хорошо, хоть джинсы надела с кроссовками.

Олег ее огорчил:

— Попутку здесь не поймаем. Я эти места знаю. Пошли в деревню, она была справа от нас.

В кармане вновь звякнул смартфон, доставив новую эсэмэску. Он понял, что сегодня впервые не будет ночевать дома, и выключил телефон.

На ночлег пришлось проситься дважды. В первом от околицы доме им отказали, сказав, что уложить гостей негде, но посоветовали живущую через три дома тетю Маню.

Тетя Маня пустила их на ночлег, спросив:

— Как вам стелить? Она жена тебе, что ли?

Светлана молча ждала, что ответит Олег.

Он, немного промедлив, сказал:

— Жена. Стели на двоих.

Тетя Маня, разглаживая простыню, сочувственно бурчала:

— Надо же. Машину угнали. Эка неприятность-то. У нас тут сроду никто ничего, кроме трактора, не угонял. Да и то по пьянке.

Постелив, она ушла в свою комнату.

Ночью Олегу было не до любовных забав. Он думал о том, что бизнес его окончательно рухнет, если он останется пешим. Машина его кормила, перемещая от объекта к объекту.

Он размышлял: «Пока получу страховку, пока найду себе новую тачку, все развалится. Рабочие разбегутся».

Светлана быстро уснула.

Утром добрались до города на попутке, оба задумчивые и смущенные. Наскоро попрощались, одарив друг друга дежурными поцелуями, и отправились по домам. Светлана, дожидаясь своего водителя, грустно подумала: «Да, нелегко быть простой женщиной для простого мужчины».

ГЛАВА 17

Интересное положение

*Легче сделать вид, чем изменить
свою суть!*

Маркиза Помпадур.

Доферти больше никогда не приезжал домой на обед. Он не хотел давать повод прислуге для сплетен, не хотел, чтобы думали: им движет ревность к учителю. Он не хотел унижать жену подозрениями. Более того, он выбросил русского из головы. Гармоничная жизнь счастливой четы Доферти продолжалась до тех пор, пока однажды ночью Генрих не обнаружил, что жены нет в постели.

Несмотря на возраст, Доферти мог похвастать отличным здоровьем и крепким сном. Утомленный делами, он засыпал, едва касаясь подушки, и просыпался всегда утром в одно и то же время. Но этой ночью его разбудили раскаты грома. Окна освещали вспышки молний. Сильный ветер хлестал стекла струями ливня. Доферти пощупал пустое одеяло на половине кровати жены и позвал:

— Сесиль, милая, где ты?

Ответа не последовало. Он покинул постель, надел халат и заглянул в ванную. Жены он там не нашел. Не было ее и в детской, и в других многочисленных комнатах. Мелькнула страшная мысль: «Она с русским учителем». Долго сопротивляться желанию любой ценой отыскать жену Генрих не смог. Под проливным дождем он сбегал к дому для гостей, заглянул в темные окна, прислушался: ни звука не донеслось до него. Растерянный Доферти вернулся в спальню, совершенно не зная, что в таких случаях надо делать. Ожидание и неизвестность мучили и томили его.

Вскоре пришла Сесиль, сбросила плащ, под которым оказалась лишь тонкая ночная рубашка.

— Милый, почему ты не спишь? — спросила она, устраиваясь к нему под бочок.

Он ответил вопросом:

— Где ты была?

Сесиль не смутилась и не растерялась, а выглядела спокойной.

— Мне часто не спится, — призналась она. — Выхожу в сад подышать воздухом. На этот раз неожиданно начался ливень. Я хотела его переждать в беседке, но замерзла и вернулась домой.

— Промокла?

— Немного, только ноги. На мне же был длинный плащ.

«Зачем надевать плащ от дождя, если дождя не ждешь?» — мысленно задался вопросом Доферти, грея ледяные ноги жены.

Он счел за благо не задавать лишних вопросов, но решил понаблюдать за Сесиль. Теперь он часто просыпался ночами и щупал постель, но жена всегда была рядом. Доферти успокоился и даже себя поругал за глупые мысли.

Жизнь шла своим чередом. Учителя Генрих не видел, но заметил, что Алиса бойко защебетала на чужом языке. Более того, Сесиль прекрасно ее понимала.

Увидев удивление мужа, она пояснила:

— Я тоже русский учу. Сложный, но красивый язык.

— Красивый? — удивился Доферти и не согласился: — Совершенно звериный язык, грубый, рычащий. Впечатление, что вы постоянно ругаетесь, а не общаетесь. Впрочем, я не настаиваю на своем впечатлении. Учи, если нравится.

Сесиль подумала: «Его по-прежнему раздражает все, что связано с Алисой», — но промолчала.

Вскоре Генрих стал замечать, что жена нездорова. Ее кожа приобрела сероватый оттенок, румянец исчез, появилась отечность лица. Августа ему сообщила, что госпожа дважды падала в обморок и почти не ест.

— Поздравляю, — заключила она, — готовьтесь, скоро папашей станете.

Убитый известием Доферти выдавил из себя улыбку и осведомился:

— А почему Сесиль об этом молчит? Почему узнаю от тебя?

Августа безразлично пожала плечами и предположила:

— Готовит сюрприз.

«И сюрприз удался», — удрученно подумал Доферти, ощущая прилив ревности, злобы и паники.

С этими ощущениями он и отбыл из дома. Генрих отменил все деловые встречи и даже не пошел на совет директоров компании, где председательствовал. Он искал решение: «Как поступить? Расстаться с женой?»

От этой мысли темнело в глазах. Сильные чувства к жене и привязанность к ней лишали Доферти гнева. Он решил: «Что я теряю? Появится в доме ребенок Сесиль. Мы же хотели усыновить совершенно чужого ребенка, а этот будет похож на жену. К тому же настал удачный момент избавиться от урода. Под муками совести жена станет сговорчивей. Алису с русским отправлю к тетушке, как и советовал Фрэнсис. Пусть живут у графини. Мы даже будем их навещать во избежание сплетен».

Рациональность, свойственная Доферти, победила оскорбленные чувства. Этим же вечером в спальне он завел разговор с женой.

— Дорогая, почему счастливую новость я узнаю от Августы? — спросил он, укладываясь в постель.

Сесиль сидела у туалетного столика и расчесывала длинные блестящие волосы.

— Какую новость? — повернувшись к мужу, спросила она.

С улыбкой радости Доферти сообщил:

— Ты беременна! Я скоро стану отцом!

Жена побледнела, порхнула к нему и, присев на краю кровати, тихо прошелестела:

— Милый, я должна признаться тебе.

— Никаких признаний, — поспешил остановить ее Генрих и продолжил: — Я не удивлен. Врачи только тем и занимаются, что ставят ошибочные диагнозы. Вопреки их диагнозам я скоро буду отцом! — восторженно возвестил он, целуя руки Сесиль.

Она смотрела на него с облегчением, замешательством и изумлением, думая: «Что это значит? Георга изгоняют из дома или он остается?»

Задать этот вопрос Сесиль не решилась, полагаясь на волю судьбы. Доферти же рассудил, что опасно так очевидно избавляться от русского. Во избежание сплетен Георг по-прежнему жил в домике для гостей и учил Алису русскому языку.

Беременность Сесиль тяжело переносила: ее постоянно рвало.

— Девочка будет, — пророчила Августа.

Врачи склонялись к такому же мнению и не ошиблись. Сесиль родила красивую девочку, которую назвала необычным именем: Светлана. Доферти не возражал. Он в восторге был от малышки, которая, казалось, росла не по дням, а по часам. Он забросил дела, перестал отлучаться из дома и часами играл с ребенком, восхищаясь каждым звуком и движением девочки.

Когда жена кормила грудью Светлану, Генрих сидел рядом и приговаривал:

— Я не видел еще таких красивых детей.

Сесиль улыбалась и думала: «Завтра скажу, что мы с Георгом решили жить вместе».

И не решалась. Шли дни. Доферти не отходил от ребенка, Георг возмущался, что ему ни разу не показали дочь, а Сесиль чувствовала себя подлой и неблагодарной, но не решалась в этом признаться мужу и попросить у него развода.

ГЛАВА 18

Сладкая месть

Грусть утомляет и способствует старению!

Маркиза Помпадур.

Альбина пришла домой. Олег еще не вернулся. Послав СМС мужу, получила в ответ известие, что он вновь задерживается.

«Знаю я, где ты задерживаешься и с кем», — подумала Альбина, страдая от ревности.

Ждала мужа она очень мучительно: то плакала, то брала себя в руки, пытаясь смотреть телевизор, то заставляла себя работать над монографией. Телевизионные передачи и сериалы ее раздражали, а работа не шла. Альбина металась по квартире, посылая новые и новые сообщения мужу. Она видела, что телефон мужа в сети, но он не отвечает. Когда телефон Олега отключился вообще, Альбина подумала: «Сегодня он впервые не придет домой».

От этой мысли ей стало невыносимо больно. Она была уверена, что Олег нарушит их негласную договоренность о том, что ночуют супруги всегда дома, какие бы важные дела ни случались. Строительный бизнес Олега требовал частых отлучек по области, но он всегда возвращался домой, пусть даже поздней ночью. Муж всегда держал ее в курсе дел, звонил, посылал эсэмэски, а сегодня отключил телефон.

«Он все заранее запланировал, — решила Альбина, — поэтому от меня отключился. Я мешала ему частыми сообщениями. Он совсем не боится меня потерять! Неужели у них все так серьезно?»

Альбина свернулась клубком на диване и не представляла, как пережить эту ночь.

«Приму снотворное, завтра не смогу работать с пациентами, голова будет чумная. Да и засну ли я от снотворного? Как больно», — ужасалась она, даже не вытирая струями льющиеся слезы.

Сколько таких слез она видела у своих пациенток, сколько советов давала им, сочувствовала, убеждала, но даже представить себе не могла, как им больно. Теперь эту боль испытала сама.

Неожиданно ее айфон проиграл мелодию вызова. Альбина с надеждой метнулась к телефону, но вместо голоса мужа услышала:

— Красивая женщина с красивым именем, вы не спите?

— Александр, — узнала Альбина и призналась: — Не спится.

— Вы одна?

— Увы, да.

Его низкий баритон прозвучал радостно и призывно:

— Тогда приглашаю вас в путешествие.

— Какое еще путешествие? — растерялась Альбина.

— Давайте махнем на сутки в Мадрид. В Прадо новая экспозиция. После реконструкции музей собрал со всего мира полотна Гойи. Многие из них я не видел в оригинале. Очень хотел посмотреть именно с вами.

— В Мадрид? — изумилась Альбина. — Когда?

— Прямо сейчас, — решительно произнес Александр. — Прогуляемся по ночному городу, поужинаем, а завтра в Прадо. У вас же открыт шенген?

— Да. Приходится бывать на симпозиумах и заседаниях ученых советов по всей Европе, — растерянно сообщила она, далекая от безумств.

— Отлично, — обрадовался Александр. — Тогда полетели?

Альбина привыкла к строгому распорядку. Дни ее были расписаны по минутам, поэтому предложение показалось неуместно шальным.

— Спасибо, но я не смогу. Работа, пациенты, масса обязательств, — холодно пояснила она и теплее добавила: — Спасибо и за цветы, и за чудесную открытку, и за это предложение, но нет, не могу. К тому же очень устала.

Разговор ей давался с трудом. Она еле справлялась с рыданиями, а в голове рисовались картины интимных забав мужа с ее пациенткой. В результате она не сдержалась и пискнула сквозь слезы:

— Простите, говорить не могу.

— Я все понимаю и сочувствую вам, — сказал Александр.

В трубке раздались гудки.

Альбина рухнула на диван и в голос завыла:

— Ну куда? Куда он мог ее повести? Я же все заначки его выгребла, обчистила все карманы! А он все равно сбежал к ней!

Вдруг ее осенило: «Вот я дура!»

Альбина решительно набрала номер последнего вызова. Без предисловий сказала:

— Я согласна. Едем в Мадрид.

Голос Александра радостно пророкотал:

— Через пятнадцать минут я заеду за вами. Скажите куда?

— Туда же, куда подвозили. Это мой дом. Но за пятнадцать минут я не успею собраться. Минимум полчаса.

— Отлично. Я понял. Полчаса, — нежно согласился Александр.

И прибыл к ее подъезду ровно через полчаса. И Альбина попала в сказку: поездка по ночной Москве в новеньком, пахнущем кожей «Бентли» и короткий проход через VIP-зал к ангарам, из которых выкатился изящный небольшой самолет с надписью на борту EMBRAERPHENOM 100.

Полет усталая Альбина проспала. Александр нежно ухаживал за ней, отослав единственную стюардессу. Изредка просыпаясь, Альбина видела, как он бережно поправляет на ней плед, как сам готовит кофе, виртуозно пользуясь сложной кофемашиной. Было тепло и уютно. Моторы «Имбраера» гудели ровно. Вскоре в иллюминаторах показались огни Мадрида.

Они приземлились в аэропорту Мадрид-Барахас, вышли из самолета по короткой откидной лестнице и погрузились в теплую испанскую осень. К самолету подкатил лимузин с надписью «Hotel Ritz». Александр, легко спрыгнув на землю, подал Альбине руку со словами:

— Мадрид приветствует вас, красивая женщина с красивым именем!

Роскошный новенький лимузин быстро промчал их по городу и вскоре остановился у входа в отель. Вещей у них почти не было. Альбина взяла только легкую дорожную сумку, куда упаковала пару комплектов вечерних нарядов и сунула косметичку. В руках Александра был лишь стильный кейс.

Номер оказался роскошный, с двумя спальнями и обширной гостиной, выдержанной в благородных багрово-золотистых тонах. Альбина приняла ванну и вышла в гостиную в белом халате отеля, тщательно уложив чистые, высушенные феном волосы. Александр сидел в гостиной в спортивном костюме с влажной головой после ванны. Он держал в руках вечерний выпуск El Mundo.

Как бы извиняясь перед Альбиной, сказал:

— Вот смотрю, чем можно развлечь вас в ночном Мадриде.

— Крепким и здоровым сном, — устало сказала Альбина. — Я совершенно не готова развлекаться. Очень хочется спать.

— Тогда провожу вас в спальню, — мгновенно оказавшись на ногах, предложил Александр.

Альбина улыбнулась:

— Не надо. Сама.

Утром она проснулась совсем в другом настроении. Обширная спальня с безупречным интерьером и огромный букет свежих, благоухающих в изголовье роз заставили ее улыбнуться. Казалось, улетев из Москвы, она улетела от всех своих бед и забот. Альбина готова была развлекаться, смотреть полотна Гойи, пить сладкое испанское вино и даже дурачиться.

Подняв трубку внутреннего телефона отеля, она по-английски попросила в номер парикмахера и визажиста. Потом она позвонила Зиночке и отменила свой прием на весь день. Визажист и стилист прибыли так быстро, словно ждали за дверью. Вскоре нарядная, блещущая подчеркнутой мастерами красотой Альбина вышла в гостиную, где ее терпеливо ждал Александр, одетый в безупречный серый костюм.

«Откуда взялся костюм? — мысленно удивилась Альбина. — В кейсе он явно не поместился бы».

Александр перехватил ее взгляд и с улыбкой пояснил:

— Купил, пока вы спускались. В магазине портной подогнал по фигуре. По-моему, ничего. Не будете меня стесняться?

Альбина улыбнулась и с двойным смыслом сказала:

— Нет, стесняться не буду.

— Тогда пойдем завтракать. Предпочтете ресторан отеля или поедем в Luxury? Кухня отеля совсем недурна. Но самые вкусные испанские булочки ensaimadas и самый крепкий эспрессо все-таки в Luxury.

— Туда и поедем, — весело ответила Альбина.

У входа в отель их ждал лимузин, который быстро домчал к месту завтрака.

Запивая восхитительные ensaimadas превосходным крепчайшим кофе, Альбина спросила:

— После завтрака в Прадо?

Александр улыбнулся:

— Смотреть на полотна Гойи предпочитаю с полным желудком. Требуется определенное благодушие, чтобы сгладить жесткое моральное давление его работ. Нет. Сначала поедем в «Хамон». Есть не будем, будем пробовать. Окорока и сыры, колбасы и копченая рыбка — все это «Хамон». Пока не обойдем все кафешки этого музея еды, в Прадо ни ногой.

«Странные у него вкусы, объедаться перед походом в музей», — удивилась Альбина, но согласилась.

«Хамон» покинули осоловевшими от сытости. Лимузин доставил их к музею, где Альбина застыла перед полотнами великого мастера, с неохотой переходя от одной картины к другой. Александр смиренно следовал за ней и молчал, не мешая ей наслаждаться прекрасным. Альбина и не заметила, как подкрался вечер.

Покинув музей, они долго бродили по улочкам Мадрида, по набережной Мансанареса, пили сладкое испанское вино в маленьких тавернах, много общались и дурачились. Альбина впервые за долгое время ощущала себя счастливой и свободной. Рядом с ней был человек, который смотрел на нее влюбленными глазами и предугадывал любое ее желание.

А потом была ночь любви, к которой Альбина пришла естественно, без стеснения и угрызений совести. Александр оказался искусным любовником. Заснули они под утро. Досыпать Альбине пришлось в самолете, в том же, что доставил их в Мадрид.

Подлетая к Москве, Альбина подумала: «Ну чего не хватает этой Светлане? Зачем ей мой нищий Олег? Я лишь на сутки окунулась в ту жизнь, от которой она хочет сбежать, став простой женщиной, и чувствую себя невероятно счастливой».

Дома ее встретил злой и усталый Олег.

— Где ты была? — рявкнул он, чего никогда себе не позволял. — Обзвонил всех друзей! Все больницы и морги!

— Я же не спрашиваю, где ты провел эту ночь, — бесстрастно парировала Альбина.

Олег сник и признался:

— У меня машину украли. Я всю ночь метался, как загнанный зверь, между полицией и страховщиками.

«У него украли машину, — растерянно подумала Альбина. — Вот так поворот! Выходит, он был не с ней? А я ему изменила. Он метался, а я наслаждалась».

Подавив муки совести, она спокойно спросила:

— Телефон, конечно же, был в машине?

— А ты что подумала? — удивился Олег.

«Я подумала, что мы квиты: у тебя богатая женщина, у меня богатый мужчина».

С этой, уже приятной, мыслью Альбина и поспешила на работу.

ГЛАВА 19

Угроза жизни

*Любовь – это удовольствие на один
сезон, дружба – это на всю жизнь!!*

Маркиза Помпадур.

Альбина ошиблась: Светлана не открыла ей карты. Она с другой целью пришла на прием, но в ходе сеансов выяснилось, что ее подозрения не беспочвенны. Тураева тоже считала, что мужей Светланы убивали методично и настойчиво. Когда умер четвертый муж, Светлана заподозрила, что ему помогли умереть. И вот Тураева склоняется к той же версии. Это событие остановило Светлану: она решила повременить со своими планами, которые стремилась поскорей осуществить именно потому, что жила под страхом смерти. Теперь появилась надежда, что Альбина поможет найти убийцу. Вероятно, надежда имела под собой основания, а возможно, тонущая Светлана пыталась ухватиться за соломинку. Но, так или иначе, она переменила свои планы и не рассказала Тураевой, с какой целью пришла в ее кабинет.

Когда умер четвертый муж, Светлана думала, что таинственная гибель преследует только ее мужей. Она решила никогда не выходить больше замуж.

«Возможно, кто-то именно этого и добивается», — подумала она, успокаивая себя.

Однако когда в Хемседале, на норвежском лыжном курорте, погиб ее новый возлюбленный, Марк,

Светлана пришла в отчаяние: «Убивают всех, кого я люблю».

Отчаяние ее подкрепилось расследованием местной полиции, которая установила, что крепление на лыжах было выведено из строя механически. На головокружительной трассе, которую Марк всегда выбирал, с таким креплением он был обречен. Именно после этой трагедии под подозрение попала Алиса. Незадолго до смерти Марка они повстречались с Алисой. Та была изумлена их случайной встречей и как-то назойливо рассказала, что ехать в Норвегию не собиралась, но ее уговорил местный магнат.

Позже, уже в отеле, рыдая на плече Ольги, Светлана поделилась подозрением, чем ошеломила подругу.

— Малышка, ты драматизируешь, — ответила Ольга.

Сергей жену поддержал:

— Не думаю, чтобы ветреная Алиса была способна кого-то убить. Слишком она спонтанна, чтобы действовать организованно.

На тот момент Светлана доверилась разуму друзей и перестала подозревать Алису. Но именно после гибели Марка начались покушения на Светлану. Пользуясь связями, она просила помощи у многих высокопоставленных людей, но их анализ ее не устраивал. Все в один голос твердили, что эти покушения похожи на шуточные, и высказывали две мысли — обе неоптимистичные для Светланы. Первая мысль: ее не собираются убивать, а лишь запугивают, мучают страхом смерти, как кошка с мышкой играют. Вторая мысль: если кто-то действительно задался целью убить Светлану, то ни полиция, ни ФСБ ее не спасут. Рано или поздно это случится.

После таких консультаций Светлана укрепилась во мнении, что с ней поиграют, помучают, попугают, насладятся ее ужасом и метаниями, а потом убьют. Прятаться, уезжать за границу бесполезно. Светлана живет на таком высоком этаже общественного здания, что убийца явно не связан отсутствием средств и возможностей. Смирившись, что придется умирать молодой, Светлана решила, что настала пора поквитаться со своими врагами. Мысль, что она погибнет, а они будут счастливо жить-поживать, казалась ей унизительной, кощунственной и несправедливой.

Теперь же, когда она нашла поддержку у Тураевой, Светлану питала надежда выжить. Она была недовольна последней беседой с Альбиной. Она чувствовала, что их разговор мог быть продуктивней, да и закончился он в апогее расследования. Поэтому Светлана расстроилась, узнав, что Альбина отменила прием.

— Почему? — растерянно поинтересовалась она у Зиночки. — Она только со мной отменила сеанс?

Секретарша вежливо ее успокоила:

— Ни в коем случае. Она просто взяла выходной.

— А завтра будет прием?

— Пока не известно, — ответила Зиночка.

И застучала по клавишам, пристально глядя в монитор компьютера.

«Раз у меня образовалось свободное время, — решила Светлана, — проведу его с пользой, заеду к Ольге. Давно не видались».

Она приготовила подруге сюрприз: разбирала старые вещи и случайно нашла альбом с настоящими, их юношескими фотографиями. Степенная Ольга, узнав про альбом, от радости даже взвизгнула. Теперь она частенько звонила и напоминала Светлане:

— Про альбом не забыла? Когда его привезешь?

— Обещанного три года ждут, — отшучивалась Светлана.

Роман с Олегом, посещения психоаналитика так ее увлекли, что на подругу времени не хватало. С чувством вины она отпустила водителя, сама села за руль, смоталась домой за альбомом и поехала в гости к Ольге с Сергеем.

Друзья очень обрадовались Светлане, буквально на части ее разрывали. Ольга хотела посекретничать с подругой в своей комнате, Сергей же увлекся змеями и тащил ее в новый террариум, которому отдана была целая комната. Осознав, что муж завладел гостьей, Ольга обиженно вслед им сказала:

— Альбом мне хоть дай. Посмотрю хоть на нас молодых, пока Сережа будет тебя развлекать своими ящерами и змеями.

Светлана всплеснула руками:

— Ой, а альбом я в машине забыла.

— Давай ключи от машины, пока вы будете наслаждаться террариумом, я сбегаю принесу, — сгорая от нетерпения, воскликнула Ольга.

Светлана ответила:

— В курточке лежат ключи. Кстати, курточку мою и накинь, на улице вечером стало прохладно.

Ольга накинула курточку подруги, набросила на голову капюшон, радуясь, что можно спрятать от соседей беспорядок с прической, и помчалась к лифту, а Сергей и Светлана погрузились в тайную жизнь змей и ящериц. Время за этим занятием пролетело незаметно. Когда они вернулись в гостиную, Ольги там не застали.

— Где же жена? — забеспокоился Сергей, проверяя все комнаты.

Светлану охватили плохие предчувствия. Она бросилась к лифту. Лифт был занят. Она побежала по лестнице, перепрыгивая через ступеньки, вылетела на улицу и обмерла. Вокруг ее автомобиля скопилось много соседей. Во двор, сверкая проблесковым маячком и оглушая сиреной, въезжала реанимационная машина.

Растолкав людей, Светлана увидела бездыханно лежащую на асфальте в луже крови подругу и ужаснулась: «Ольгу убили вместо меня. Я виновата, я ей посоветовала накинуть мою курточку».

ГЛАВА 20

Мудрость Августы

Счастливы те, кто не любит!
Маркиза Помпадур.

Шли месяцы, Светлана подрастала, а в семье Доферти ничего не менялось. Пока Сесиль не решалась попросить у мужа развода, Генрих вынашивал планы переселить Алису и ее учителя Георга к двоюродной сестре графине Агнес.

Пожилая графиня рано стала вдовой. Несмотря на молодость и красоту, она повторно не вышла замуж, а посвятила жизнь благотворительности. То ли имя так на нее повлияло: Агнес — целомудренная, святая, — то ли диагноз врачей — бездетность, но графиня не ограничилась заботой о сиротах из приюта. Она усыновила и воспитала много бездомных детей: дала им прекрасное образование, вывела в люди, женила, радовалась внукам и устраивала праздники малышам.

Вот к такой женщине и отправился Доферти, сказав жене, что едет по делам корпорации. Он приказал Августе неусыпно следить за тем, чтобы Сесиль не общалась с Георгом во время его отсутствия, и отбыл в Калифорнию, где располагались дом графини и ее бескрайний парк.

Графиня приняла брата гостеприимно и, выслушав его рассказ, сочла за благо забрать Алису на воспитание.

— Мне одно не ясно, — спросила она у брата, — ты от отцовства отказываешься?

Доферти ее успокоил:

— Ни в коем случае, Алиса поживет у тебя на правах родственницы.

— А ты уверен, что учитель согласится последовать за ней? — резонно осведомилась графиня.

Генрих вздохнул, печально покачал головой и признался:

— Не уверен, но моя главная задача — убрать учителя подальше от Сесиль, иначе семьи не спасти.

— Успехов тебе, мой дорогой, в твоих благородных намерениях, — пожелала графиня. — Жду Алису с учителем. Сейчас же пойду распоряжусь, чтобы готовили к их приезду комнаты, — сообщила она, по-сестрински целуя в темечко брата.

На том и расстались.

Вернувшись домой, первое, что увидел Доферти, это Алису, осыпающую ласками кроху Светлану. Девочка так трогательно прижимала малютку к себе, с такой душевностью покрывала ее поцелуйчиками, что у любого сердце растаяло бы от этой квинтэссенции нежности и любви.

— Халёсяя моя, моя класавица, ты тока моя, тока моя, нихому тебя не одам, — лепетала Алиса, чем привела Генриха в бешенство.

Ведомый гневом, он схватил Алису за шиворот и отбросил ее подальше от своей ненаглядной принцессы. Силы Доферти не рассчитал: девочка пролетела через комнату, как котенок, и, ударившись о стену, отскочила, словно резиновый мячик, после чего шлепнулась на пол. Ей было больно, но она молча и испуганно смотрела на обидчика. Взгляд ее не выражал ненависти или злобы. Взгляд ее отчаянно вопрошал лишь одно: «Неужели я опять провинилась? Я же не сделала ничего плохого? За что?»

Доферти, глядя в эти глаза, почувствовал себя негодяем и... еще больше возненавидел Алису. Она боялась заплакать, сидела на полу, молчаливо и растерянно терла ушибы, а он ненавидел ее и себя.

Сердце его говорило: «Несчастная девочка».

Разум твердил: «Ты сломала мне жизнь, уродка».

Сердце победило. Доферти взял Алису на руки, поцеловал ее и шепнул:

— Прости, солнышко, я не хотел тебе сделать больно.

От неожиданной ласки Алиса расплакалась, обвила руками шею Доферти и пропищала:

— Папочка, я тебя очень люблю.

Именно в этот момент в комнату влетела Сесиль, полная решимости сообщить мужу о том, что любит другого. Она целовалась с Георгом в домике для гостей, когда приехал Доферти. Августа уже поняла, что существование семьи Доферти под угрозой. Преданная домоправительница обожала своего друга и господина Генриха, а потому приказала прислуге помалкивать о том, что происходило в доме в его отсутствие. И теперь Августа во имя спокойствия семьи сообщила госпоже о приезде господина. Сесиль бросилась к мужу.

— Смотри, — крикнул ей вслед Георг, — не забудь о своем обещании.

— Любимый, я помню. Сегодня же мы соединимся и не расстанемся до последнего нашего вздоха, — заверила его Сесиль.

Как только родилась Светлана, Доферти не отходил от жены. Сесиль с Георгом лишились возможности даже видеться. Почти год они посылали друг другу записочки через Алису: записочки нежности, любви и тоски. Едва Доферти уехал к графине, Сесиль со всех ног помчалась к своему Георгу. Они слишком долго не виделись и потому жадно вглядывались в лица друг друга.

— После родов ты стала еще красивее, — наконец прошептал Георг.

Их тела и души сплелись. Это было не просто соитие двух влюбленных: это были их страсть, боль, отчаяние и надежда. Несколько дней Сесиль не выходила из домика для гостей. Туда каждый день приносили Светлану. Когда Георг впервые увидел свою дочь, он не смог сдержать слез и сказал:

— Не думал, что судьба будет ко мне так жестока. Я не слышал первого крика своего ребенка, не видел первой ее улыбки, первого зуба.

В это время Светлана потрогала пальчиками его лицо и четко произнесла:

— Па-па.

Георг изумленно взглянул на Сесиль.

Она с улыбкой призналась:

— Тайком от мужа я с ней разговариваю только по-русски. Частенько показываю на Генри и шепчу ей на ухо «дядя». Моя способная девочка его называет дядей, но он не знает русского языка и принимает ее слова за детский лепет.

— А как же она узнала, что папа я? — изумился Георг.

— Я находила возможность показывать ей видео, где ты учишь Алису. А когда она смотрела фильмы, я всегда ей шептала «это твой папа».

Георг с восторгом воскликнул:

— Выходит, она узнала меня! Моя доченька! Сейчас зацелую тебя!

И зацеловал. Светлана хохотала от удовольствия. Их идиллия продолжалась все дни, пока Доферти был у графини. Сесиль с Георгом не могли надышаться друг другом, они строили планы, как уедут к его родственникам в Вашингтон, как снимут гнездышко и будут счастливы со своей доченькой, белокурой малюткой Светланой. Георг верил любимой: Сесиль проявила решимость порвать с Доферти, как только он войдет в дом.

И вот Сесиль влетает в холл и видит у Доферти на руках Алису, которая зовет его папочкой. И Доферти нежничает с девочкой. Такого еще не бывало. Сесиль растерялась. Решимость ее покинула. Заготовленные слова не шли с языка. Августа пристально следила за происходящим в холле. Заметив заминку Сесиль, она проворчала:

— Супруги, целуйтесь уже скорей, да я заберу госпожу. Мне срочно нужен ее совет, что подавать к праздничному обеду.

Генрих с Алисой на руках подошел к застывшей жене. Смышленая девочка обняла их обоих.

— Не ожидала сюрприза? — улыбнулся Доферти, нежно целуя жену.

Она ответила на его поцелуй и призналась:

— Не ожидала. Ждала тебя к вечеру.

Августа нетерпеливо воскликнула:

— Наворкуетесь еще, голубки. Госпожа, я вас жду. Вы же не хотите оставить любимого мужа без праздничного обеда?

— Бегу-бегу, — откликнулась Сесиль, с облегчением покидая мужа и устремляясь за домоправительницей.

Едва женщины остались одни, Августа произнесла:

— Госпожа, я все вижу и понимаю, но боюсь, госпожа, не наделали бы вы глупостей, о которых потом будете всю жизнь жалеть.

Сесиль вспыхнула, схватилась за щеки и призналась:

— Я запуталась! Я вся горю от любви и страданий! А как подумаю, что причиню страдания Генри за его благородство и доброту, то хочется руки на себя наложить!

Августа погладила Сесиль по спине и запричитала:

— Какие ужасы у вас в голове. Госпожа, вам ли горевать? У вас такой мудрый и любящий муж. Георга вам не хватает? Эка беда. Для жизни он ненадежный. Нельзя к нему уходить. Думаете, он прокормит ваших детей? Нет, конечно! Любовь быстро проходит, а тогда с чем вы останетесь? С двумя девочками на руках и в нищете. Одумайтесь, госпожа. Георг молодой. Сегодня он влюблен в вас, а завтра Георг пойдет давать уроки другим богачам, да и влюбится в новую госпожу. Доверьтесь моему опыту. Давайте сделаем ему проверку, да и узнаем, так сильно он любит вас, как ему кажется.

— Какую проверку? — насторожилась Сесиль.

«А девчонка не дура. Я быстро поставлю на место ее мозги», — подумала Августа и продолжила:

— Двоюродная сестра господина приглашает Алису погостить у нее. Вы знаете, как графиня любит детей. Если Алиса уедет в гости, то и учитель за ней последует. Не прекращать же занятия. Таким образом, у вас появится повод часто ездить к графине навещать Алису. Господин, сидя дома, слишком запустил дела корпорации. Отправив Алису к графине, он будет много работать. Вы же, госпожа, у графини сможете открыто общаться с Георгом. Одно дело — прятаться и тайком целоваться, а другое дело — увидеть, как он ведет себя в обществе. Вы же как человека Георга совсем не знаете. А вдруг он не понравится вам? А вдруг он не дурак приволокнуть за другими богатыми дамочками? А дамочек у графини много бывает в гостях по благотворительным делам, и все они богатые, знатные раскрасавицы. Вот и увидите, как ваш Георг себя поведет.

— Спасибо, я прислушаюсь к вашим советам, — пообещала Сесиль и подумала: «Августа права, что слегка затушила пожар моей глупой души. Доферти из знатного рода, он понимает, что такое честь семьи. Генри в любом случае поведет себя благородно и не допустит позора. Георг же, конечно, красавец, но я сама из простых и знаю нравы этих людей. Бросить жену с детьми и уйти к другой среди обычного люда совсем не преступление, а реалии жизни. Нет, в ближайшее время я Доферти не огорчу. Я сама выросла в нищете, а потому не хочу нищеты своим девочкам».

ГЛАВА 21

Завещания

*Попадающие в нищету страдают
вдвойне от воспоминания о том,
как они в свое время были счастливы...*

Маркиза Помпадур.

В кабинет Тураевой на этот раз вошла совсем другая Светлана: от нее осталась лишь тень победительницы.

Альбина, напротив, была на подъеме. Волшебная поездка в Мадрид придала ей вдохновения и уверенности в своей женской силе. Измена мужа не казалась уже страшной трагедией.

«Еще все поправимо, — решила она. — И не факт, что я захочу остаться с Олегом. Не факт, что стоит бороться за предателя и мерзавца».

С такими мыслями Тураева встретила Светлану.

— У вас что-то случилось? — с дежурной приветливостью спросила она. — Поругались с любимым?

— Все ужасно, — горестно покачав головой, ответила та. — Все до жути ужасно. Моя единственная подруга в реанимации, меня пытались убить, да и с Олегом плохо расстались. Надо принимать срочные меры, а я не знаю какие.

Мысль торжества и победы над успешной соперницей промелькнула в сознании Тураевой и угасла. Сочувствие и доброта взяли верх. Альбина с тревогой подумала: «А судьба ее бьет похлеще меня. Похоже, ей очень плохо».

— Я могу быть полезна вам? — душевно спросила она.

Светлана честно призналась:

— Даже не знаю.

— Тогда расскажите мне все, что с вами случилось, а я сама определю, чем могу быть полезна.

— Спасибо, но столько случилось, я в растерянности, с чего начать?

— Начните с покушения, — подсказала Альбина.

Светлана рассказала о поездке к подруге, про альбом, который подруга спешила забрать из машины, про толпу соседей и бездыханно лежащую Ольгу в луже крови на грязном асфальте.

— Почему вы думаете, что хотели убить именно вас? — спросила Тураева.

— Потому что на подругу ни разу не покушались, потому что погибали мои мужья и любовники, потому что на Ольге была моя курточка.

— А вы с подругой похожи?

— Только ростом и комплекцией. Носим один размер одежды и обуви.

Альбина грустно кивнула, признав:

— Тогда, выходит, на вас покушались.

— У меня нет даже сомнений, — всхлипнув, сказала Светлана. — Ольга в моей курточке открывала мою машину, потом ее закрывала. Под курточкой обычные джинсы, а джинсы у нас одинаковые. Убийцу все это сбило с толку. Он был уверен, что стреляет в меня, а пострадала подруга. Моя единственная и любимая! — уже в голос зарыдала Светлана.

Тураева, покинув рабочее место, присела на диван и, чего никогда не делала, обняла пациентку.

— Успокойтесь, моя дорогая, — приговаривала она, гладя Светлану по спине и плечам. — Все будет хорошо. Обещаю, я найду человека, который на вас покушается. Пойду на крайние меры и быстро найду. И подруга будет жива. Прошли уже сутки. Что говорят доктора?

— Доктора к ней никого не пускают. Олюшка в реанимации. От мгновенной смерти ее спас мой старый альбом. Он в серебряном футляре, тяжелый такой и толстый, но пуля пробила его, не долетев до сердца буквально чуть-чуть. Мне так стыдно, страшно и больно. Ой, не могу! — поливая Альбину слезами, всхлипывая и икая, как маленькая, рассказывала Светлана.

Тураева не хотела ее оставлять, а потому достала из кармана айфон и попросила Зиночку принести стакан воды и таблетку успокоительного. Зиночка мгновенно примчалась. Пока пациентка принимала лекарство, Тураева взяла у нее телефон доктора Ольги и сразу позвонила ему, представившись и сославшись на своего друга — светилу от медицины.

— Уж мне-то он все расскажет, — шепнула она Светлане, не отрывая телефона от уха.

Беседа с доктором затянулась. Альбина задавала квалифицированные вопросы, удовлетворенно кивала и, поблагодарив собеседника за информацию, констатировала:

— Состояние вашей подруги тяжелое, но стабильное. Ожидается положительная динамика, есть надежда, что Ольга выживет. Главное осложнение — большая потеря крови, но с этой проблемой современная медицина справится.

Заметив, что лекарство действует и пациентка слегка успокоилась, Тураева вернулась на рабочее место и деловито спросила:

— Насколько я помню, вы подозревали Алису?

— Да, — кивнула Светлана. — И воспоминания еще больше в этом меня убеждают. Даже когда погиб Марк, мой любимый мужчина, незадолго до трагедии мы встретили Алису в Норвегии, в Хемседале. При этом она много раз говорила, что не любит лыжных курортов. Ее привлекают теплые страны.

— Но из вашего рассказа я поняла, что на вас покушался мужчина. Почему вы так думаете?

— Потому что мне трудно представить Алису, стреляющую в меня. Скорей всего, она наняла убийцу.

— Резонно, — согласилась Альбина. — Я размышляла о ваших мужьях. Любого насторожило бы, что они умирают один за другим. Полиция этим не заинтересовалась? Кстати, вы получали от них что-то в наследство?

Светлана задумалась, ахнула и воскликнула:

— Точно! Все дело в наследстве! Мои мужья умирали почти сразу же после подписания завещания в мою пользу. Доктора выдавали заключение об их естественной смерти, поэтому до милиции дело не доходило. А я становилась все богаче и богаче!

— И с Максимом так вышло? — поинтересовалась Тураева.

— Нет, с Максимом мы сразу же обменялись завещаниями. Это было даже смешно. Я была нищая, но завещала ему всю свою собственность, которая у меня обнаружится на момент моей гибели. Я сделала это в ответ на его завещание в мою пользу. Он принял это как детскую шутку.

Альбина задумчиво произнесла:

— Интересная информация. Буду на нее опираться.

— Но после этого мы прожили с Максом почти три года, — уточнила Светлана.

— Да, убийство Максима выбивается из ряда последующих убийств, а, учитывая обстоятельства, я склонна думать, что ваши мужья умирали далеко не своей смертью. Кстати, в каком возрасте они умирали?

— Второй муж в сорок пять, третий в пятьдесят три года, а четвертый в пятьдесят шесть лет.

Тураева, сочувственно покачав головой, спросила:

— Вы ознакомились с посмертным эпикризом каждого мужа? И был ли у кого-то из них клинико-анатомический или патолого-анатомический эпикриз? Или вы ограничились медицинским свидетельством о смерти?

— Я не сильна в медицине, поэтому эпикризы не требовала и не читала. Все мужья были активны, здоровы, но незадолго до смерти обращались к врачам с жалобами. Я тогда ничего не подозревала, поэтому не вникала. После смерти получала свидетельство, выданное, думаю, на основании болезней, описанных в их медицинских картах. Все мужья умирали дома, почти мгновенно, у меня на глазах. Даже «Скорая» не успевала приехать.

«Все повернуто так, что вы, милочка, первая подозреваемая. Сама бы так и решила, если бы вы не обратились ко мне и если бы не было покушений», — подумала Альбина, а вслух произнесла:

— Завтра, пожалуйста, принесите мне все свидетельства о смерти ваших мужей. Пользуясь связями, попробую отыскать в архивах эпикризы. Только на основании их смогу сделать какие-то выводы.

— А вы разберетесь в них? — наивно спросила Светлана.

Тураева усмехнулась:

— Я в первую очередь врач, а потом уже психолог. Разберусь, не волнуйтесь. Я защитила докторскую диссертацию по психиатрии. У меня уже появились кое-какие мысли, как вам помочь выявить убийцу. Об этих мыслях я расскажу вам завтра, но теперь ваша главная задача, чтобы вы дожили до завтра. Надеюсь, вы приняли защитные меры? Хотя бы наняли телохранителя?

Светлана после заминки призналась:

— Я встречаюсь с Олегом. Он думает, что я обычная женщина. Как тут наймешь телохранителя?

— Да, — согласилась Альбина, — ситуация и трагичная, и комичная. Представляю, как отреагирует обычный мужчина, если вы явитесь на свидание в сопровождении секьюрити. Кстати, ваш Олег знает о проблемах с покушениями?

— Нет, конечно! — испугалась Светлана. — И не должен узнать. Но я позаботилась о его и своей безопасности.

— Каким образом? — поинтересовалась Тураева.

— Наняла детектива, который тайно контролирует, нет ли за мной слежки.

Скрывая вздох облегчения, Альбина сказала:

— Разумно. В таком случае жду вас завтра со свидетельствами о смерти.

Уже в дверях она остановила Светлану вопросом:

— А как продвигаются ваши дела на сердечном фронте? Надеюсь, в любви-то хоть все благополучно?

И получила ответ, который поверг Тураеву в шок:

— И да, и нет. У Олега беда, у него украли машину, а у меня все отлично. Олег копит деньги на нашу свадьбу.

— И когда он собрался жениться на вас? — чувствуя, как все оборвалось внутри, спросила Альбина.

Светлана, сверкнув победной улыбкой, воскликнула:

— Через полгода поженимся!

Спрятав улыбку, она горько добавила:

— Если, конечно, до свадьбы я доживу.

— Доживете, — демонстрируя оптимизм, дружески заверила Светлану Тураева.

Когда за пациенткой закрылась дверь, Альбина уронила лицо в ладони и разрыдалась.

«Дура я, дура, — крутилось в ее голове, — свою разлучницу от смерти спасаю. И ведь спасу, потому что я всегда побеждаю, даже если победа приносит мне поражение».

ГЛАВА 22

Боль предательства

Вокруг столько ненависти и злобы.
Моя жизнь – это бесконечная смерть!!

Маркиза Помпадур.

Распрощавшись с Тураевой, Светлана поспешила на свидание с Олегом. Они обычно встречались в парке, он поджидал ее на скамейке. На этот раз у нее появилась причина не ломать голову над тем, чем и за какой счет он будет ее развлекать.

— Сразу предупреждаю, — целуя Олега, с ходу сообщила она, — настроение у меня ужасное.

Он испугался:

— Что случилось?

— Подруга в реанимации. Хотела тебя пригласить к себе, но с таким настроением лучше сходим в кино.

— Пойдем в кино, — согласился Олег. — А что с подругой?

Светлана, с мольбой взглянув на него, попросила:

— Давай не сейчас. Я потом сама расскажу.

— Хорошо, — покорно кивнул он и радостно сообщил: — А у меня хорошая новость. Может, хоть это поднимет тебе настроение, машина моя нашлась.

— Ого! — удивилась Светлана. — И как же она нашлась?

— Представляешь, на стоянке у моего дома стояла. Целёхонькая. Я сам обалдел. Все на месте, из машины ничего не пропало, и на ней ни царапины. Чудеса!

— Действительно чудеса, — улыбнулась Светлана, подумав: «Только так я смогла заставить тебя остаться на ночь со мной, попросив детектива угнать твою рухлядь. Если бы знала, что переживания о машине окажутся сильнее любви ко мне, то и затевать бы с этими приключениями не стала. Эх, Олежа, зато теперь я в курсе, что машина тебе дороже меня. Совсем я не понимаю вас, обычных мужчин».

В кинотеатре Олег напряженно следил за коллизиями фильма, а Светлана думала о подруге, вспоминала их первую встречу.

Познакомились они в Нью-Йорке, случайно. Мама каждый год возила Светлану к родственникам в США. Светлане было тогда четырнадцать лет. Они с мамой собирались уже на днях уезжать домой, поэтому отправились в магазин за подарками русским друзьям. Светлана пошла в отдел мелочей, а мама — за более дорогими покупками. Договорились встретиться там же, в магазине, в кафе.

Светлана выбирала кружевные перчатки, когда заметила симпатичную девушку лет шестнадцати. Она была с пожилым, благородного вида мужчиной.

«Папа с дочкой, наверное», — подумала Светлана. Вскоре мужчина покинул женский отдел, а девушка осталась, что-то сказав ему на прощание. Потом она подошла к Светлане и, напевая песенку крокодила Гены, тоже заинтересовалась кружевными перчатками.

— Так вы русская, — обрадовалась Светлана.

Девушка улыбнулась милейшей улыбкой и удивленно воскликнула:

— Да! И вы русская?

— Да, я из Москвы!

— И я из Москвы! Давайте знакомиться. Меня зовут Ольга.

— А я Светлана!

Так они познакомились. Когда русские встречаются далеко от России, они сразу становятся друг другу родными. Так и произошло со Светланой и Ольгой. Встретившись, они больше не расставались. Радостно щебеча и советуясь, они выбирали покупки, переходя из отдела в отдел. Когда Ольга глянула на часы и вспомнила, что ее давно ждут, спохватилась и Светлана:

— И мне пора бежать в кафе к маме.

Девчонки сфотографировались на память, обменялись телефонами и адресами, поклявшись друг другу встретиться сразу по приезду в Москву. Так и случилось. Вернувшись в Россию, Светлана сразу же набрала номер телефона Ольги. Оказалось, что живут они совсем рядом. Девчонки встретились, гуляли по городу, весело щебетали и много фотографировались.

Светлана, с детских лет окруженная друзьями, близко в душу никого не пускала. Любимая всеми, она и дружила сразу со всеми. Ольга была первой девчонкой, к которой потянулось сердечко Светланы. Позже выяснилось, что Ольга значительно старше, чем выглядит, но от этого дружба их стала лишь крепче. Ольга во всем опекала подругу, давала рассудительные советы и была откровенной: раскрывала Светлане все свои тайны. Светлана платила ей тем же. У девчонок не было друг от друга секретов. О таком родстве душ многие лишь мечтают.

На экране мелькали кадры фильма, а в мыслях Светланы мелькали картины из ее собственной жизни. Она вспомнила, как переживала Ольга предательство отца Светланы, как вела с ним переговоры тайком. В результате отец позвонил дочери, они даже встретились. Смущенные, они долго сидели в молчании за столиком в ресторане: рассматривали дорогие закуски, боялись взглянуть друг другу в глаза.

Первой отважилась на разговор Светлана.

— Я выхожу замуж, — сообщила она.

— Знаю и одобряю. Максим хороший парень, — ответил отец, невольно оборвав завязывающуюся беседу.

«Нам даже не о чем говорить? — удивилась она. — Видимо, Ольга силком затолкала его на встречу со мной. Но почему он такой вдруг чужой? Он же очень любил меня, баловал. Такая любовь не исчезает по одному щелчку. Так не бывает. Может, он боится, что я буду у него денег просить?»

Светлана положила свою ладошку на руку отца и, нежно глядя ему в глаза, ласково произнесла:

— Папуль, я очень тебя люблю. Я тебя понимаю и не осуждаю. Я желаю тебе счастья в новой семье. Обо мне не беспокойся. Максим меня обеспечит всем необходимым и даже окружил уже роскошью. Я нуждаюсь только в твоей любви. Я скучаю по тебе. Мы будем видеться? Хоть изредка.

— Конечно, — сказал отец, — будем видеться.

В глазах его стояли слезы. Он наклонился, делая вид, что поправляет пиджак, и, тайком смахнув слезы, сказал:

— Принцесса, я тоже очень тебя люблю и очень скучаю по твоему звонкому голоску.

На душе у Светланы потеплело и отлегло.

— А на свадьбу нашу придешь? — спросила она.

— Конечно, приду, — ответил отец и попросил: — Только приглашение мне не высылайте. Надеюсь, мы будем часто созваниваться. Лучше звони на рабочий мой телефон.

— На тот, на который раньше ты запрещал звонить? — удивилась Светлана.

— Да, теперь разрешаю, туда и звони.

Потом, взглянув на часы, отец заспешил, сослался на неотложные дела и ушел. Даже не ушел, а, скорее, сбежал: размашистым шагом пересек ресторанный зал, ссутулившись и втянув голову в плечи, был похож на преступника, удирающего от погони. Светлана сидела перед накрытым столом, перед блюдами, к которым никто не притронулся, смотрела ему вслед и думала: «Поверить не могу, что это мой отец».

Это была их последняя встреча. Больше Светлана не видела своего отца. Она звонила ему, он соглашался на встречу и не приходил. В конце концов она перестала его звать, а пыталась просто поговорить по телефону. Но и этого не получалось. Отец отвечал сухо и односложно. На свадьбу дочери он не пришел. Светлана позвонила ему и с ужасом обнаружила, что он внес ее номер в «черный список». Она в панике начала набирать номера всех телефонов отца. От отчаяния она набрала даже домашний номер, но везде натыкалась на «черный список».

О, как рыдала Светлана! Максим вспылил и сказал, что мужчины так не поступают, обещал пойти к нему на работу и прилюдно набить лицо. Лишь мольбы и слезы жены остановили его.

Теперь все страдания Светлана от мужа прятала. Лишь подруге она доверяла свои мысли, обиду и боль. Она не хотела и не могла поверить в то, что отец так легко от нее отказался. Строила предположения, что он не подозревает о «черных списках», что это козни его новой жены. Ольга все эти дни была рядом. Она вытирала слезы подруге и успокаивала ее, приводя разумные доводы.

— Допустим, козни, но почему он ни разу не позвонил? — спрашивала она и сама отвечала: — Да потому, что боится жены. Он у нее под пятой.

Светлана с жаром бросалась на защиту отца:

— Ну не мог он так со мной поступить! Он обожал меня, боготворил! За всю жизнь я не слышала от него ни единого слова плохого. Я не могла его даже о чем-нибудь попросить. Он словно мысли мои читал. Стоило мне чего-нибудь захотеть, отец сразу мне это дарил. Он постоянно ласкал меня, целовал, обнимал. Он жил для меня! И разом все оборвал? Словно его подменили! Словно заколдовали его!

Ольга тайком делала все, чтобы помочь подруге. Она даже на работу ходила к ее отцу, сквозь все кордоны пробилась, но вошла в его кабинет. К каким только приемам не прибегала она: и уговаривала его, и стыдила, и давила на жалость, даже угро-

жала позором на всю Москву. В конце концов отец
ей признался, что новая жена поставила его перед
выбором: или их счастливая семейная жизнь, или
его дочь от первого брака. Иного варианта ему не
дала.

— Возможно, в ваших глазах я оказался подлецом
и слабаком, — понуро признался он Ольге, — но
у меня огромное чувство вины перед новой семьей. Она долго жила в подвешенном состоянии, все
праздники и выходные я от них убегал. Моя жена
многое вытерпела из любви ко мне.

«Тьфу на тебя, — мысленно сплюнула Ольга. —
Ради денежек твоих она все терпела. Ради денежек и
от дочери тебя отрывает. Не хочет делиться».

Вслух же сказала:

— Бог вам судья, — и ушла.

И потом в споре с подругой опиралась лишь на
признание ее отца.

— Подумай сама, — говорила она Светлане, — эта
дамочка из низов вцепилась в богатенького, дочку
ему родила, ждала своего звездного часа целых пятнадцать лет! А может, и больше, поди узнай, когда
у них закрутилась любовь. И ты хочешь, чтобы она
тебе его отдала? Сейчас? Когда он в ее власти? Да
она запилила его, связала по рукам и ногам любовью своей и виной перед ней. Как же, он ее столько лет оставлял одну на все праздники! Твой отец
добрый, а она его шантажирует. Ты далеко, а она
всегда рядом. И ночная кукушка дневную переку-
кует. Против этой истины мы бессильны. Хватит
страдать. Забудь об отце, словно он умер. И что это

за отец, если его можно так легко отобрать у дочери, которую он воспитывал восемнадцать лет? Это уже не отец, а пародия на отца. Он твоих слез не стоит.

Светлана задумалась и ожесточенно сказала:

— Я отомщу этим дамочкам. Выберу время и отомщу.

— Еще чего не хватало, — презрительно отмахнулась Ольга. — Бог их накажет. На чужом несчастье счастья еще никто не построил.

— На Бога надейся, а сам не плошай, — не согласилась Светлана и упрямо повторила: — Я им отомщу!

На всеобщее удивление, предсказания Ольги очень быстро сбылись. Отец Светланы вскоре потерял свой высокий пост в нефтяной корпорации, следом выяснилось, что его финансовые вложения оказались неудачными: он разорился. Более того, у него появились долги. Чтобы выплатить их, отец вынужден был продать все, даже роскошную их квартиру — родное гнездо Светланы.

К тому времени Светлана смирилась с предательством, не вспоминала отца и счастливо жила с Максимом, бизнес которого процветал. Новости приносила Ольга, которая явно затаила обиду, хоть и скрывала ее от подруги.

— Сейчас встретила знакомую и случайно узнала, что отец твой работает простым бухгалтером в фирме ее мужа, а фирмочка так себе, пустяковая, — между делом сообщила Ольга подруге и притворно вздыхала: — С каких высот только люди не падают, когда перед Богом грешат.

В другой раз она могла злорадно обмолвиться:

— Ходят слухи, что отец твой спивается, а жена его к другому ушла.

Светлане было неприятно слышать плохие новости про отца, но, с другой стороны, ее трогало, что Ольга так близко принимает любую боль своей любимой подруги и считает врагами всех, кто обидел ее.

Сидя в кинотеатре и бессмысленно глядя в экран, Светлана вдруг осознала, что она сирота при живых матери и отце. «Никого нет у меня, кроме Ольги. Если Ольга не выживет, я останусь совсем одна», — ужаснулась Светлана.

ГЛАВА 23

С глаз долой!

*Смерть одного человека часто меняет
судьбу других.*

Маркиза Помпадур.

Доферти этой же ночью решил брать быка за рога и покончить с проблемой пребывания в доме Алисы с ненавистным учителем русского языка.

Генрих соскучился по жене, а потому, едва супруги вошли в спальню, он набросился на нее с жаром юнца. Сесиль пылко ответила на его порыв. Когда, утомленные страстью, они откинулись на подушку, он обнял жену. Какое-то время в спальне царило молчание: Генрих подбирал слова и даже интонации. Наконец он выбрал мягкий вкрадчивый тон и решился.

— Сесиль, я еще дорог тебе? — нежно спросил он жену, разгоряченную ласками и любовью, блаженно отдыхающую в его объятиях.

— Милый, почему ты спрашиваешь? — беззаботно удивилась она.

— Хочу знать.

— Ты и так знаешь.

— Тогда хочу слышать.

Она прижалась щечкой к его плечу и выдохнула:

— Дорог, конечно, дорог, очень дорог.

— Ты уверена?

— Абсолютно. Я просто жить без тебя не могу, — простодушно призналась Сесиль.

Генрих только этого и ждал.

— Тогда почему ты меня мучаешь? — трагическим тоном спросил он.

— Мучаю? Я? — поразилась она.

— Да, ты. И даже этого не замечаешь. Есть вещи, через которые человек не может переступить. Ну, вот просто не может никак, и все тут. Это не в его власти, не в его воле. Когда сама сущность, сама природа восстает, тут ничего не поделаешь. Ты же заставляешь меня вести борьбу с собственной сущностью, причем каждый день. Это мучительно, невыносимо.

Сесиль отстранилась, заглянула мужу в глаза и удивленно спросила:

— О чем ты говоришь? Я не понимаю.

Генрих кивнул.

— Хорошо, я объясню, — сказал он, притягивая ее к себе и целуя в плечо. — Ты боишься крыс?

Сесиль передернуло от отвращения.

— Больше всего на свете.

— Могла бы ты, пожелай я того, взять крысу на руки и приласкать ее?

— Генри, ты с ума сошел! Как можешь ты о таком говоришь?! Брр!

Именно на такую реакцию и рассчитывал Доферти, именно этого и ожидал.

— Вот видишь, тебе даже думать об этом противно. Каково же тогда, представь, мне, когда я подвергаюсь подобным испытаниям каждодневно.

— Каким испытаниям, Генри?

— Ты не заметила, что я похудел?

Сесиль присмотрелась к мужу и согласилась:

— Да, щеки слегка впали, но тебе это даже идет.

Доферти досадливо поморщился.

— Может быть, но лишь на первых порах. Интересно, что скажешь ты, когда я превращусь в скелет.

— Скажу, что надо больше есть.

— Больше? Да я скоро вообще перестану есть. Могла бы ты есть, когда бы за столом сидела крыса?

Сесиль содрогнулась, ее огромные голубые глаза наполнились ужасом.

— Генри, что за фантазии?

— Это не фантазии, — с горечью сказал Доферти. — Именно так я воспринимаю уродство Алисы. Понимаю, что нехорошо, что девочка несчастна и заслуживает сострадания. Пожалуй, я готов сострадать ей, но на расстоянии. Да что там готов, я жалею ее, искренне, по-настоящему, но ничего поделать с собой не могу. Поверь, Сесиль, я старался, очень старался, но у меня не получается. Когда она сидит за столом, кусок не лезет мне в горло.

— Ах, вот ты о чем, — вздохнула Сесиль. — Я не знала, что так тебя мучаю. Я не хочу тебя мучить. Мы можем это как-то исправить?

— Можем.

— Говори как. Я пойду на любые жертвы, лишь бы не подвергать тебя таким страданиям. Брр! Мне уже жалко тебя, — прочувствованно призналась она.

Доферти приступил к главной теме в намеченной им программе. Он рассказал о планах отправить Алису к графине. Разумеется, расписал все в радужных красках, не касаясь темы учителя. Каково же было его удивление, когда Сесиль произнесла:

— Отличная мысль. Я согласна. У графини много детей, а Алисе явно не хватает общения со сверстниками. Ее окружают лишь взрослые. Игры на свежем воздухе, праздники — девочка будет в восторге. Мы постараемся чаще ее навещать.

Доферти, не веря своему счастью, уточнил:

— Ты, дорогая. Ты будешь часто ее навещать. Я смогу лишь изредка приезжать. Слишком много скопилось дел, пока я сидел дома.

— Да, конечно, — загорелась идеей Сесиль. — Я люблю путешествовать. Поездки к графине обогатят мою жизнь. Не хотела тебя огорчать, но когда ты работаешь, я умираю с тоски. А теперь у меня появляется повод часто ездить к графине, где собирается интересное общество. Единственное препятствие, — замялась она.

— Что за препятствие, дорогая? — деловито осведомился Доферти, готовый горы свернуть, лишь бы избавиться от Алисы с учителем.

Сесиль нахмурилась и призналась:

— Мне бы хотелось, чтобы она продолжала учить свой язык, но согласится ли Георг поехать к графине? Девочка к нему привязалась, у них дружба и полный контакт. Боюсь, Георг не захочет уезжать из Нью-Йорка в скучную Калифорнию.

Генрих, с трудом скрывая восторг, заверил:

— Дорогая, здесь вообще не вижу проблемы. Я удвою его жалованье, после чего он хоть на Аляску отправится.

Супруги, чрезвычайно довольные друг другом, обнялись и заснули в полном удовлетворении.

Утром Августа с таинственным видом увлекла Доферти в его кабинет.

— Я подготовила госпожу, — с гордостью сообщила она. — Можете сообщить ей о вашем решении отправить Алису к графине. Гарантирую, отказа не будет.

Она ждала радости и благодарности, но господин взбесился.

— Черти тебя раздери, Августа! — яростно выкрикнул он. — Ты могла мне об этом сказать вчера? Боже, каким идиотом я выглядел перед женой со своими манипуляциями! С этой крысой! Ужас! За кого теперь Сесиль меня принимает? За неженку? За придурка? За эгоиста? Все варианты ни к черту!

Увидев растерянность и непонимание на лице Августы, Доферти ее просветил:

— Этой ночью мы все решили. Но предупреди ты меня с вечера, все выглядело бы гораздо пристойней, чем получилось. А теперь я в глазах жены дурак дураком. Вовремя надо поставлять информацию.

— На вас, господин, никогда не угодишь, — с обидой проворчала Августа и подпустила яду: — Я думала, вы ночью супружеский долг выполняете, а не решаете серьезные семейные проблемы. Ну да ладно, пойду готовить Алису к отъезду.

«Ох, язва, — сердито глядя ей вслед, подумал Генрих. — Впрочем, язва полезная», — заключил он с улыбкой.

А Сесиль тем временем строчила записку Георгу:

«Милый, я подумала и решила, что от Генриха нам уходить еще рано. Надо скопить денег, чтобы хватило хотя бы на первое время. Я уговорила мужа отправить тебя и Алису к графине. Она живет в Калифорнии. Муж удвоит тебе жалованье, это первая хорошая весть. А вторая еще лучше: мы будем видеться без ограничений. Я буду приезжать часто и надолго. Любимый, ради тебя я поселюсь у графини. Как только соберем достаточно денег, я разведусь с Генрихом. Осталось чуть-чуть потерпеть. Соглашайся, любимый, я тебя умоляю».

Георгий прочитал записку Сесиль, вздохнул, погладил Алису по голове и произнес:
— Ничего не поделаешь, едем к графине.

ГЛАВА 24

След женщины

Сердце мужчины имеет большие ресурсы.

Маркиза Помпадур.

Плачевное состояние подруги Светланы повергло Тураеву в ужас и панику. Она представила, что в любую минуту на месте подруги может оказаться ее собственный муж, отец ее дочери.

«Хочешь не хочешь, но придется стать детективом, — решила она. — Причем действовать надо быстро, пока не случилась беда».

Альбина подняла все свои медицинские связи. По принесенным Светланой заключениям о смерти мужей она быстро отыскала в архивах эпикризы и выяснила, что виной всех смертей были разрывы сосудов: инсульты и инфаркты.

«Разрыв сосуда можно организовать как длительным приемом лекарства, так и одним уколом, — рассудила Альбина. — Узнать, какие именно требуются для этого препараты, несложно даже из Интернета. Такая смерть выглядит вполне естественной, тем более что накануне у больных появлялись проблемы. Следовательно, специальных исследований на обнаружение препаратов в организме умерших не делали, а жаль. Наверняка им поднимали вязкость крови и содержание холестерина в крови, чтобы выглядело все натурально».

В свете происходящих событий у Тураевой не оставалось сомнений, что кто-то грамотно и незаметно убивал всех мужей Светланы. Всех, кроме Максима. Его убили зверски.

Возникал вопрос: зачем убийце понадобилось так жестоко убивать Максима?

Этот вопрос Тураева задала Светлане.

Та лишь пожала плечами:

— Не знаю. Может, потому что для инсульта он был слишком молод?

— Тридцать три года? Нет, дело не в этом. Инсульты уже бывают и у двадцатилетних парней. Человек, который совершал все убийства, хорошо осведомлен. Он или медик, или советовался с медиками. Или изучал интересующие его аспекты медицины по Интернету. Кстати, как вы перенесли смерть Максима?

Светлана удивилась:

— Разве я вам не говорила? У меня был выкидыш.

— Вы были беременны?! — поразилась Альбина и сделала вывод: — Они устраняют всех ваших наследников.

— Более того, я подозреваю уже, что выкидыш был не от стресса. После этого выкидыша я стала бесплодна. Наверняка же есть такие лекарства, которые могут загубить детородную систему женщины и спровоцировать выкидыш?

— Увы, да, — согласилась Тураева. — Кто-то активно совершал убийства с помощью препаратов.

Светлана спросила:

— Кто-то? А в версию, что это Алиса, выходит, вы не поверили?

— Почему же? Поверила. Но не исключаю всех, кто был приглашен на юбилей Максима. И всех, кто был вхож в вашу семью. Ваши мужья были осторожные люди?

— Сами понимаете, какой бизнес в России. Мои мужья были очень осторожны. Они никогда сами не открывали конверты, опасаясь ядовитого порошка. Приготовленную еду всегда первой пробовала кухарка у них на глазах. Они не подавали руки незнакомым людям, ограничивались поклоном. Мои мужья знали обо всех видах убийств и всеми своими привычками пытались избежать лишнего риска.

— Так я и думала, — кивнула Альбина. — Следовательно, вы сделали правильный вывод: убийца владеет гипнозом. Только с помощью гипноза можно было пичкать ваших мужей губительными для них препаратами. По своей воле они ни одной таблетки не приняли бы.

— Вы пробовали выяснить, кто научил Алису гипнозу?

Тураева улыбнулась наивности Светланы.

— Ну что вы, об этом никто не расскажет. Наше законодательство приравнивает гипноз к оружию. Все, кто владеет гипнозом, состоят на особом учете. Все давали подписку не учить гипнозу частным образом. Если кто-то позарился на крупную сумму и выучил вашу Алису, то никогда не сознается в этом. Никто не хочет сидеть, да еще по уголовной статье с дисквалификацией. Но нам и не надо ни у кого узнавать. Я проверю всех ваших друзей сама. Прошу вас составить список. Постарайтесь внести туда даже тех, кому доверяете как себе. Всегда лучше перестраховаться.

— Но какой мотив у убийцы, как вы полагаете?

Альбина задумалась.

— На первый взгляд, — сказала она, — просматривался типично женский мотив. Кстати, и убийства женского типа. Выглядит все так: какая-то женщина мстит вам. Ее цель — не позволить вам быть счастливой. Хоть один мужчина, которого вы любили, выжил?

— Все погибли, жив только Олег.

Тураева, скрывая озабоченность, осведомилась:

— Вы давно с ним встречаетесь?

Светлана заверила:

— Достаточно давно. По всем меркам он должен уже погибнуть.

— Чем вы объясняете такую заминку?

— Только тем, что Олег не из нашего круга. О том, что я с ним встречаюсь, не знает никто из друзей и даже знакомых. Я соблюдаю конспирацию, опираюсь на опытного детектива.

— Вот прям никто-никто не знает о нем? — с сомнением спросила Альбина.

Своим вопросом она смутила Светлану.

— Об Олеге знает лишь Ольга, — призналась она.

— Это ваша подруга, которая в реанимации?

— Да, я очень ей доверяю. Она ни разу не выдала ни одного моего секрета.

Тураева согласилась:

— Судя по всему, и этот не выдала. Но вернемся к мотивам. Все гораздо сложней, чем просто месть.

Создается впечатление, что вас используют как копилку. После этих смертей вы становитесь все богаче. Возникает вопрос: почему до определенного времени на вас не было покушений, а потом они начались?

— Начались покушения после того, как я всем сообщила, что никогда больше не выйду замуж, — сообщила Светлана и, подумав, добавила: — Я пришла к этому решению после смерти четвертого мужа, а озвучила его после гибели Марка.

— Это который погиб в Норвегии? — уточнила Альбина.

— Да, — подтвердила Светлана.

Тураева призадумалась.

— Очень запутанная история получается. Можно допустить, что вас использовали одновременно и как копилку, и как объект мести. Можно предположить, что по какому-то неведомому нам поводу решили, образно говоря, копилку разбить. Иными словами, убить вас. Если так, круг подозреваемых сильно сужается. Такой расклад выгоден только наследнику. У вас есть наследники?

Светлана ответила:

— Есть. Мама, папа, даже сестра. И еще толпа родственников со стороны мамы, которые являются наследниками второй очереди. Им никак не выгодна моя смерть. Мама живет в США, мы с ней потерялись. Я пыталась ее разыскать, но безуспешно. Отец спился и выпал из нашего общества. Сестра вряд ли помнит о моем существовании. Никто из наследников не мог убивать моих мужей. Они не вхожи в наш круг.

— Но вы могли под гипнозом написать завещание убийце и даже не знать об этом, — предположила Тураева.

— Да, могла, — растерянно согласилась Светлана. — Об этом я как-то не думала. Тогда начинать надо с круга друзей Максима. С приглашенных на его день рождения. Кто-то из них меня сделал копилкой. И опять мы пришли к Алисе.

— Хорошо, — согласилась Альбина. — С нее и начнем. Вы сможете в ближайшее время устроить нам как бы случайную встречу? Желательно у вас дома. Я должна остаться с Алисой наедине, для того чтобы ввести ее в гипнотическое состояние.

— И что это даст нам?

— Я задам ей вопросы, а она на них честно ответит.

Светлана изумилась:

— Так просто? Вы спросите: «Алиса, это ты убивала?» И перечислите всех моих мужей? И она вам скажет правду?

— Под моим гипнозом скажет все, что делала и что думала, — подтвердила Тураева. — Несомненно, ответит на любой мой вопрос.

— Но почему же этим не пользуются при поимке преступников?

— Потому, что это запрещено нашим законом, — задумчиво пояснила Альбина и вскрикнула: — О боже! Как я не заметила очевидное?!

— Вы о чем? — взволновалась Светлана.

Тураева продолжала себя ругать:

— Даже стыдно признаваться в своей глупости! Конструкции сижу строю, схемы рисую, а очевидного не замечаю! Если вас под гипнозом заставили написать завещание, тогда почему в вас стреляли? Почему не убили тем же способом, каким убили ваших мужей? Почему не давали вам под гипнозом таблетки? Не кололи уколы? Как давно вас хотят убить?

Светлана задумалась:

— Да уже около года пытаются. И травили меня в ресторане, но я свою тарелку соседке отдала, ее еле спасли. Машину мою взрывали, но в ней взорвался парковщик, я ему ключ свой дала и попросила подогнать машину к пандусу магазина.

— Кошмар! — ужаснулась Тураева. — Как вы живете? По вашему виду не скажешь, что все так серьезно. Вы очень сильная женщина, — сказала она с восхищением и удивилась: — Почему вы мне сразу все это не рассказали?

— Боялась вас напугать, — призналась Светлана.

— И в таком состоянии вам еще и до любви? Обычно после таких событий люди получают сильный невроз с манией преследования и пугаются каждого шороха, а вы полны оптимизма. Вы невероятно сильная женщина! — неустанно восхищалась Альбина. — Как вам удается так стоически держаться?

— Все очень просто. Я один раз себя похоронила и сказала, что меня уже нет. Стало легко и совсем не страшно. Нет, я боюсь, конечно, — спохватилась Светлана, — но это не панический, не парализующий страх. Это страх философский, помогающий жить и строить планы. Так что там с ответами?

Зачарованно слушающая Тураева опешила:

— С какими ответами?

— На вопросы, которые вы задавали, — ответила Светлана и пояснила: — Почему меня не убили под гипнозом? Зачем столько лишних ходов?

— Ах, вот вы о чем, — прозрела Альбина. — Есть у меня фантастическое подозрение, которое мы прямо сейчас и проверим.

Она подошла к тумбочке, достала из нее чемоданчик, покопалась в нем, взяла коробочку с лекарством и протянула Светлане таблетку со словами:

— Сначала примите это, а потом я попробую ввести вас в гипноз.

— А таблетка зачем?

— Есть люди, которые плохо поддаются гипнозу. Их тоже можно загипнотизировать, но придется потратить значительно больше времени. С этой таблеткой любой человек мгновенно войдет в гипнотическое состояние, — пояснила Тураева.

Светлана таблетку взяла, но принимать ее не спешила. Она посидела в растерянности и спросила:

— А какие вопросы мне зададите? Я же буду полностью в вашей власти. Нет, я не хочу, — занервничала она. — И вообще, давайте отменим эту процедуру. Мне совсем не хочется, вот совсем не хочется, чтобы вы все про меня знали.

— Выходит, вы мне не доверяете, — констатировала Альбина.

— Доверяю, но у любого доверия есть пределы.

— Хорошо. Тогда сделаем так: я нажму интерком и попрошу Зиночку записать наш сеанс на магнитофон.

Вы запишете время начала сеанса на бумаге своим почерком и отдадите бумажку Зиночке. Потом мы сверим время сеанса по записи в вашей бумажке. Если что-то не совпадет, значит, я вас обманула. Так идет?

Светлана усмехнулась:

— Ну, если вы не научились подделывать почерк, то идет.

— Не научилась, — улыбнулась Тураева и спросила: — Начинаем?

— Начинаем, — согласилась Светлана, принимая таблетку.

Альбина сообщила:

— Таблетка начнет действовать через три минуты. Через две минуты записывайте время начала сеанса и сами несите записку Зиночке. Возвращайтесь сюда, и приступаем.

Светлана так и сделала: зафиксировала время и отнесла Зинаиде записку. Когда она вернулась в кабинет, Тураева усадила ее в кресло, поднесла к ее глазам маятник и начала свой сеанс. Она говорила вполне вразумительные слова и несла какую-то абракадабру, она делала пассы над лицом и головой Светланы, она сверлила ее пристальным взглядом, вспотела, покраснела и воскликнула:

— Все! Я бессильна!

— И что это значит? — спросила Светлана, которая все это время пребывала в ясном уме и полном сознании.

Альбина с интересом на нее посмотрела и сказала:

— Это значит, что вас нельзя загипнотизировать. Вам поставлен сильный блок против гипноза. Такие блоки ставят только очень высокопоставленным людям: президентам, магнатам и королям.

— Вы можете поставить такой блок?

— Нет, конечно. Кто меня этому научил бы? Люди, которые умеют ставить такие блоки, хранимы пуще государственной тайны.

— Как же я обзавелась таким блоком? — удивилась Светлана.

— Этого вам сказать не могу, но вы далеко не простая женщина. Мы до сих пор не поняли, почему вас хотят убить, это печально. Зато мы теперь знаем, почему вас пытаются убить, не прибегая к гипнозу, как убили всех ваших мужей и любимых, — сделала заключение Тураева, вытирая со лба пот.

ГЛАВА 25

Простой мужчина

После нас хоть потоп...

Маркиза Помпадур.

Когда Светлана покинула кабинет Тураевой, Зиночка сообщила по интеркому:

— Только что посыльный доставил вам большую коробку с логотипом «Диор». Вам принести ее?

— Принесите, пожалуйста, — попросила Альбина. Когда коробка легла на стол Тураевой, она с любопытством ее открыла и увидела роскошное платье, поверх которого была положена открытка от модного художника.

— Красивой женщине с красивым именем! Приглашаю вас на банкет. Заеду завтра в 20.00. Надеюсь, платье понравится, — вслух прочитала Альбина и закружила по кабинету с открыткой в руках, напевая: — Как может не понравиться такая роскошь и красота!

О муже она даже не вспомнила. В голове были мысли: «Надо бежать в салон красоты, делать маски и прочее. Завтра я должна быть неотразима!»

Светлана же тем временем спешила на встречу с Олегом. Она сняла скромную трехкомнатную квартирку, куда собиралась его пригласить.

Олег, как обычно, сидел в парке и нервно курил. Светлана присела к нему под бочок, чмокнула в щеку и, взяв его под руку, с улыбкой спросила:

— А сейчас-то нервничаем почему? Я же не опоздала.

— Я опоздал, — загадочно ответил Олег и пояснил: — Опоздал на двадцать лет. Эх, почему мы не встретились раньше?

— Интересные мысли, — усмехнулась Светлана. — Грустные, но интересные. А поедем ко мне, разовьешь эти мысли уже под шампанское, — предложила она.

Он удивился:

— Под шампанское? Я за рулем.

— А мы «разрулим» эту проблему, — рассмеялась Светлана. — Так ко мне? Или есть более интересные предложения?

Более интересных предложений у Олега не нашлось, поэтому он принял ее приглашение. Когда они вошли в квартиру, Светлана сразу поняла, что вообще не имеет представления о скромности жилья. Олег впал в растерянность и выглядел как описавшийся пудель.

«Вот это я промахнулась, — думала она, наблюдая за восхищением Олега, с которым он рассматривал все, что казалось ей ущербным, безвкусным и не комильфо. — Мне представлялось, что хуже этой берлоги и не найти, а оказывается, это круто? Чудеса, да и только. Это как же я оторвана от жизни людей? Я просила среднюю квартирку, среднюю мне и показали. Я поверила риелтору на слово, но опасалась, что буду выглядеть в глазах Олега бомжихой, а выходит, перестаралась. В какой же дыре он живет? Как-то страшно становится за него».

Осмотрев все комнаты и даже заглянув в кухню и ванную, пристыженный Олег рухнул на диван в гостиной и скорбно сказал:

— Боюсь, я тебя не потяну.

— В каком смысле? — изобразила удивление Светлана.

— Ты так богата! Живешь в такой роскошной квартире! Я не смогу поддерживать тот уровень жизни, к которому ты привыкла.

Она рассмеялась:

— Какой там уровень? Эта квартира осталась мне от покойного мужа. Кроме нее, у меня нет ничего. Я бедна как церковная мышь. Не хотела тебя расстраивать, но на днях работу еще потеряла. Шампанское и закуски купила на последние деньги. Уже подумываю эту квартиру продать и взять однушку на окраине. За эту квартиру платить не могу, слишком дорого. А продав ее, открою свой бизнес. Надоело жить впроголодь.

После услышанного Олег изменился: грудь его выгнулась колесом, в глазах появилась уверенность.

— Продавать квартиру не надо, — сказал он покровительственным тоном. — Холодильник твой забьем под завязку. Оплату квартиры возьму на себя, об этой проблеме забудь. С работой тоже решим. В свою фирму тебя заберу.

— И что я буду делать в строительной фирме? — насторожилась Светлана. — Я же ничего не понимаю в строительстве.

— Мы строим под ключ, у меня есть дизайнер по интерьеру. Безвкусная баба, а у тебя вкус отменный. Рисовать умеешь?

— Конечно.

Олег достал из потертого старого портфеля журнал и шариковую ручку.

— Набросай мне на скорую руку любой антураж, — попросил он.

Светлана уверенной рукой сделала набросок кухни Ольги, чем привела Олега в восторг.

— Да ты художник! — воскликнул он и заключил: — Решено, беру тебя консультантом дизайнера. Будешь ей идеи давать, а то она в том, какие стены можно ломать, а какие нельзя, понимает, а в красоте и стиле совсем деревянная.

«Ну вот, работу я уже получила, — мысленно усмехнулась Светлана. — Превращаюсь в обычную женщину. Хотя консультант дизайнера, наверное, по его меркам, круто и необычно».

К ее удивлению, рука Олега сама потянулась к дешевенькому шампанскому.

— Это дело надо обмыть, — сказал он, деловито откупоривая бутылку.

— Ты же за рулем? — удивилась Светлана.

— Все нормуль, остаюсь у тебя, — ответил Олег, наполняя бокалы.

Она поразилась: «Как он изменился в один момент. Брутальность даже в нем появилась и наглость, а выглядел в последние дни загнанным в угол зверем».

В сексе он тоже ее удивил: такого бурного и страстного секса еще не бывало у них. Изможденный, откинувшись на подушку, Олег поцеловал Светлану в мокрый висок и признался:

TATЬЯНА КИРИЛЮК

— Жить не могу без тебя. Работа не клеится потому, что все мысли с тобой. Даже на секунду не хочу расставаться. Обнял бы и не отпускал.

— А в чем дело? Оставайся со мной.

— Надо подумать. Скорее всего, так и сделаю.

В наступившей тишине Светлана решала, возможна ли их совместная жизнь и как она будет выглядеть. Он тоже что-то решал: взгляд его был напряженный, задумчивый.

Наконец он сказал:

— Я должен тебе признаться.

Она с интересом спросила:

— В чем?

— Обещай, что не бросишь меня, тогда скажу, — резким тоном потребовал Олег.

Светлана смиренно шепнула:

— Обещаю, любимый.

— У меня есть жена и ребенок. Дочери на днях исполняется восемнадцать лет. Я давно не люблю жену. Даже хуже, порой ее ненавижу.

— За что? — изумилась Светлана.

Олег ответил с презрением:

— Она у меня дюже грамотная. Давит своим интеллектом. И зарабатывает намного больше меня.

— Она тебя упрекает?

— Да в том-то и дело, что нет. Лучше бы упрекала, чем ее жалость. Сюсюкается со мной, как с неудачником и недоумком. Такую гармонию в отношениях навела, что хочется дернуть из дома. Не жена, а мышь канцелярская. Манипуляторша хренова. Рядом с ней я чувствую свою второсортность. Что она

236

делает? Не знаю, как ей это удается, но я постоянно во всем виноват, причем так, что меня не ругают, а жалеют. Ощущение, что живу во лжи. И живу-то не с бабой, а с мумией.

Олег повернулся к Светлане, крепко обнял ее и признался:

— Вот ты у меня настоящая, искренняя, живая. С тобой я настоящий мужик.

«А я ему столько вру!» — ужаснулась Светлана.

ГЛАВА 26

Беглецы

*Нужно быть очень способной, чтобы
суметь влюбить в себя.*

Маркиза Помпадур.

Алиса с учителем уехали к графине, и в семье Доферти наступила гармония. Генрих вернулся к своим рабочим делам: активно преумножал капитал. Он со спокойной душой уезжал в длительные командировки, а дома встречал радостную и ласковую жену с прелестным ребенком. Светлану Генрих безумно любил: подолгу играл с ней, покупал дорогие подарки, хотя малышка его щедрости еще не могла оценить.

Сесиль тоже была счастлива. Она часто и подолгу гостила у графини, у которой собиралась вся знать. Сесиль блистала красотой и нарядами, на первых порах ревниво присматриваясь к Георгу. Однако Георг ни разу ее не разочаровал: он не обращал внимания на светских красавиц. Едва приезжала Сесиль, он хватал Светлану на руки и долго ее целовал и ласкал, восхищаясь тем, как быстро растет их принцесса. Благо в доме графини русского языка никто не понимал. Потом Георг брал Алису за руку и вел ее на прогулку в парк. Сесиль вскрикивала по-английски:

— Я соскучилась по Алисе! Не уводите ее от меня!

Графиня всегда предлагала:

— Так и вы прогуляйтесь по свежему воздуху. Какой там воздух, в Нью-Йорке? Чем там дышит Светлана?

Под этим предлогом Сесиль догоняла Георга. Алиса безумно любила сестренку, поэтому сразу начинала играть со Светланой, которая уже научилась бегать. Пока дети играли в прятки, Сесиль и Георг уединялись в деревянном домике, в котором хранился садовый инвентарь. Там они, закрыв дверь изнутри, безудержно предавались любви. Выйдя из домика, они отыскивали детей и чинно прогуливались по аллеям парка, беседуя только о будущем. Георг строил планы, а Сесиль, жмурясь от солнышка и удовольствия, с интересом слушала. Общались они уже только на русском, в котором Сесиль изрядно поднаторела.

Прогулка заканчивалась возвращением в замок графини, где обедали, после чего играли в новую модную карточную игру «девяносто девять». За этой игрой Сесиль теряла контроль над собой: она смело переглядывалась и флиртовала с Георгом. Наблюдательная графиня уводила ее для важного разговора. Она рассказывала об Алисе, которую полюбила с первого взгляда. Преисполнившись жалостью и сочувствием к девочке, графиня уже показала ее всем маститым врачам.

На этот раз она похвастала:

— Уже на днях девочке сделают пластическую операцию. Оказывается, не обязательно дожидаться, пока у Алисы пройдут первые менструации. Многое во внешности ребенка пластические хирурги берутся исправить уже сейчас.

— И что же исправят? — обрадовалась Сесиль.

— Пока поработают только над глазками, исправят веки, улучшат разрез. Еще берутся исправить кривизну ног. К сожалению, эта история длинная и неприятная, — удрученно призналась графиня. — Придется Алисе год ходить в специальных аппаратах, которые надеваются на ноги. Их будут часто подкручивать и даже менять.

Сесиль забеспокоилась:

— Выходит, она уже не сможет бегать с сестренкой и гулять с нами по парку?

— Бегать не сможет, а ходить будет и даже должна. Врачи рекомендуют для быстрейшего исправления кривизны чаще ходить. Поэтому прогулки по парку не отменяются, — успокоила графиня Сесиль и подумала: «Бедный Генрих! Чует мое сердце, скоро она сбежит от него с этим красавцем Георгом».

И сердце не обмануло графиню. Вскоре Георг попросил у нее отпуск на несколько дней, якобы ему было необходимо съездить к родственникам по делам. Умная графиня наняла детектива, который проследил за Георгом и предоставил графине отчет. Из отчета она узнала, что Георг снял в Вашингтоне квартиру и разместил в местных газетах объявления в разделе «ищу работу».

Мало сказать, что это насторожило графиню: она была в панике.

«Что делать? Как поступить? Сообщить брату? Но что может сделать Генрих? — мысленно заметалась графиня. — Светлану Сесиль не выпускает из рук. Генрих может отнять девочку по закону, но если Сесиль сделает ДНК-экспертизу, выяснится, что ребенок от русского. Боже! Какой нашу семью ожидает скандал и позор! Придется отдать Светлану Сесиль, тут уж ничего не поделаешь. Бедный Генрих, как он это переживет? Но уж Алису я им не отдам!»

С этого дня графиня глаз не спускала с Алисы, особенно когда приехала в гости Сесиль. Впрочем, на этот раз она быстро засобиралась домой, едва погостив. Уезжая, Сесиль попросила Георга проводить ее с дочерью в аэропорт. Георг согласился, взял за руку Алису и отправился к такси, которое уже поджидало их у въезда в усадьбу.

Графиня запротестовала:

— Милая, с каких это пор ты пользуешься услугами такси, когда в моем доме много машин?

Сесиль смутилась и согласилась:

— Да, конечно, мы поедем на вашей машине. Просто мне уже неловко вам надоедать. Мы в последнее время злоупотребляем вашим гостеприимством, — неумело оправдывалась она.

Графиня не стала развивать эту тему, а прямо заявила, что Алису она не отдаст.

— Куда не отдадите? — хитро поинтересовался Георг.

— У девочки на ногах аппараты, поэтому врачи запретили ей ездить в авто. Ей трудно сгибать ножки, а в авто к тому же трясет. От этого девочке будет больно, — категорично заявила графиня, крепко сжав ручонку Алисы.

Сесиль растерялась и с мольбой взглянула на русского. Георг ей что-то сказал на своем языке, она успокоилась. Все дружно сели в машину и уехали. Алиса, не понимая, что происходит, радостно махала вслед им рукой. К удивлению графини, машина очень быстро вернулась пустая.

— Почему так скоро? — удивилась графиня.

Водитель ответил:

— Господа пересели в такси и отпустили меня.

Графиня бросилась звонить Доферти.

— Генрих, они сбежали! — взволнованно сообщила она. — Срочно вылетай в Вашингтон.

Когда Доферти услышал подробный рассказ графини, подкрепленный цитатами из отчета детектива, от бешенства кровь прилила к его голове, сердце, казалось, выскочит из груди. Однако обнаруживать свое состояние он не стал.

— Первым же рейсом лечу в Вашингтон, — спокойно сказал он и поинтересовался: — Алиса с ними?

Графиня с гордостью сообщила:

— Алису я не отдала.

Ответ Доферти прозвучал решительно:

— И я не отдам им Алису!

ГЛАВА 27

Благие намеренья

*Политика – не хороша для женщин,
ибо умные мысли приходят лишь
с возрастом.
Маркиза Помпадур.*

К удивлению Светланы, утром, когда она еще лежала в объятиях Олега, позвонила Тураева.

— Я хочу перенести нашу встречу с вечера на день, — сообщила она и спросила: — Вы можете посетить меня в двенадцать часов?

— Могу, — ответила Светлана, хотя собиралась провести это время с Ольгой, которая выжила и даже пошла на поправку.

— Кто звонил? — поинтересовался Олег.

Она солгала:

— Подруга, просила пораньше приехать в больницу.

Взглянув на его довольное лицо, Светлана поинтересовалась:

— Так что ты решил? Переезжаешь ко мне?

— Переезжаю, — улыбнулся Олег и добавил: — Через два дня.

— Почему через два дня?

— Завтра дочери исполняется восемнадцать лет. Не хочу портить девочке праздник. Да и вещи надо собрать.

— Договорились, — кивнула Светлана. — Я так понимаю, что сегодня и завтра мы уже не увидимся?

Олег притянул ее к себе, нежно поцеловал и пояснил:

— Малышка, никак не получится. У меня будет два тяжелых дня. Дочка домашняя, будем праздновать в семейном кругу. Представляешь, как погано будет у меня на душе? Сидеть за столом, думать о тебе, поднимать тосты за ее счастье, а утром уйти из семьи. Это жесть, конечно, но по-другому не получается. И дочь безумно любит меня. Больше матери. О жене я не сильно парюсь, особенно после того, как она не ночевала дома. Похоже, у нее кто-то есть. Возможно, жена и обрадуется моему уходу, но как объясняться с дочерью, ума не приложу. Если честно, уже трясет, как об этом подумаю. И без тебя больше жить не могу. На части меня разрывает. Представляешь, как хреново у меня на душе?

— Представляю, — сочувственно сказала она, вспоминая свое совершеннолетие.

«Ты-то хоть уходишь из семьи, а меня выгнали. И дочь не бросаешь, будешь встречаться с ней, будешь заботиться о ней и подарки дарить, — с обидой подумала Светлана. — А меня отец выбросил из своей жизни, как щенка, да оставил на улице без денег и крыши над головой. Глупую, маленькую. Как я от горя не умерла?» — подивилась она своей выносливости и силе.

Олег увидел страдания на лице Светланы, нежно поцеловал ее в ухо и прошептал:

— Не переживай, малышка, прорвемся.

Она улыбнулась:

— Да, пора завтракать. И тебе, и мне надо бежать по делам.

После завтрака они нежно расстались. Олег поспешил на работу, а Светлана отправилась на прием к Тураевой.

Альбина явно была в хорошем настроении. Она приветливо поздоровалась с пациенткой и сразу перешла к делу:

— Когда я смогу увидеть вашу Алису?

Светлана поморщилась:

— Алису не так просто поймать. Она редко бывает в Москве, постоянно в разъездах. Давайте начнем с Петровых. Они оба были на юбилее Максима.

— Давайте с Петровых, — согласилась Тураева. — Муж и жена?

— Да.

— Семья дружная?

— Вроде счастливы, а как на самом деле, не знаю. В нашем кругу не принято жаловаться. В будний день пригласить не удастся, он работает. Давайте приглашу на субботу. Четыре вечера вас в субботу устраивает? — поинтересовалась Светлана.

Альбина кивнула:

— Да, мне удобно как раз в выходной.

Она вспомнила об Александре и подумала: «Даже если пригласит меня куда-то, гипноз много времени не займет. Быстро освобожусь».

Тураева собралась уже распрощаться, но Светлана с ироничной улыбкой сказала:

— А вы ошиблись, не так и легко быть простой женщиной. Я выполнила все ваши рекомендации, но только сильнее запуталась и погрязла во лжи.

— О чем вы? — с интересом глядя на пациентку, осведомилась Альбина. — О каких рекомендациях вы говорите?

— Я сняла дешевенькую квартирку, оставила карточки дома, на последние деньги купила закуски, шампанское и пригласила Олега к себе. И сразу выяснилось, что простой женщиной я не стала. Он был в шоке от роскоши моей квартиры, хотя она мне казалась убогой дырой. А риелторы меня убеждали, что квартира средняя.

Тураева слушала с жадным вниманием. Когда Светлана умолкла, она попросила:

— Продолжайте, что было дальше?

— Да я, в общем-то, все уже рассказала.

— А как же себя повел ваш Олег?

— Сначала огорчился и сказал, что меня не потянет. Пришлось сочинить ему сказочку про то, что я нищая и безработная с пустым холодильником, а квартиру получила в наследство от мужа, но собираюсь ее продавать.

— И как он реагировал?

Светлана улыбнулась:

— Обрадовался. Пообещал забить холодильник едой, взять на себя оплату квартиры и даже решил пристроить меня в свою фирму дизайнером. Я согласилась.

— Вы справитесь? — скрывая огорчение, спросила Тураева.

— А почему бы и нет? Вкус у меня отменный, рисую отлично. Он меня протестировал и остался доволен.

— А ночевать он остался у вас?

— Более того, — радостно поделилась Светлана. — Он признался мне, что женат, но через два дня уйдет из семьи.

У Альбины потемнело в глазах. Предстоящий банкет с Александром поблек на фоне неожиданной новости.

— А почему именно через два дня? — взяв себя в руки, хладнокровно поинтересовалась она.

— У его дочери день совершеннолетия. Он не хочет портить праздник ребенку. После праздника объяснится с ней и уйдет ко мне.

— Объяснится с дочерью? — растерялась Тураева. — А с женой?

Светлана безразлично пожала плечами:

— Уж не знаю. Он ненавидит жену, говорит, что она загуляла. Впрочем, возможно, и с женой объяснится.

Альбине еще о многом хотелось расспросить эту ненавистную ей дамочку: как она мыслит жить не в пентхаусе, а в обычной квартире, как намерена ходить на работу и рано вставать, как долго собирается обманывать Олега? Но слезы вот-вот могли брызнуть из глаз. Поэтому Тураева глянула на часы и притворно воскликнула:

— Ой, простите. Сегодня вечером я занята, поэтому приходится принимать в режиме цейтнота. Вот-вот явится другой пациент, а мне еще необходимо подготовиться к приему. Всего вам доброго. Завтра встречаемся в обычное время.

— И вам всего доброго, — вскочила Светлана, устремляясь к двери.

Едва она вышла из кабинета, Альбина взвыла от горя, обиды и ревности. В мыслях крутилось: «Ненавидит меня. Ненавидит меня. Но за что? За что? Мы же счастливо жили, пока эта сучка не округила его!»

Впрочем, долго горевать Тураева себе не позволила. Вспомнив о предстоящем банкете, она успокоилась и, как мантру, произнесла:

— Никаких слез! Я сегодня буду блистать! Буду неотразима! Пусть уходит, у меня есть Александр! Пока я его игрушка, но мне ли, психологу, горевать? Окручу Александра так, что он сойдет от меня с ума!

ГЛАВА 28

Холодное блюдо — месть

Красивая женщина боится окончания молодости больше, чем смерти.

Маркиза Помпадур.

Пока Альбина строила коварные планы, Светлана спешила к подруге в больницу.

Ольга лежала на кровати и рассматривала фотографии в альбоме, который спас ее жизнь.

— Что ты делаешь? — ужаснулась Светлана, входя в люкс-палату. — Он тяжелый, тебе нельзя его держать, да еще на груди! — сердито сказала она, отбирая альбом.

Ольга обрадовалась подруге, но капризно надула губы и с обидой спросила:

— Почему так поздно? Обещала приехать в двенадцать.

— У сестрички была, — ликуя, сообщила Светлана.

— И как идут там дела?

— Похоже, месть удалась! Завтра ее дочери исполняется восемнадцать, а послезавтра Олег бросает семью и уходит ко мне! Ура-а! Все, как я задумала!

Ольга удовлетворенно улыбнулась и поинтересовалась:

— Альбина догадывается, что ее муж уходит к тебе?

— Я уверена, что догадывается. Только дура не сообразила бы, ведь я ей имя его назвала и рассказала, что угнали его машину. Эту ночь он ночевал у меня, об этом тоже ей сообщила. В красках все расписала.

— И в каких же красках?

— Ой, так удачно сложилось! Именно вчера Олег мне признался, что женат. При этом он ненавидит жену. Я и эту информацию ей удачно ввернула, — радостно похвастала Светлана. — Сообщила, что он ждет только праздника, не хочет портить день рождения дочери. И сразу дает деру ко мне.

Ольга удивленно покачала головой и призналась:

— Не думала, что ты так легко ей отомстишь. Ты оказалась упрямее, чем мне представлялось. Надо же, довела месть до конца.

— Это дело всей моей жизни! — возвестила Светлана и деловито продолжила: — Но дело доведено не до конца. Я готовлю Альбине новые сюрпризы. Уж если мстить, так делать это с размахом и наслаждаться на всю катушку. Видела бы ты, как ее перекосило, когда сестричка услышала, что Олег уходит ко мне. Она пыталась, конечно, спрятать досаду, но меня не обманешь. Побледнела, губы задрожали. Когда я уходила, у нее слезы стояли в глазах. Уверена, воет сейчас у себя в кабинете, словно белуга.

— И не жалко ее тебе? — поинтересовалась Ольга.

Светлана вспыхнула и с яростью сообщила:

— Не жалко! Ни капельки! Когда она со своей мамочкой выталкивала меня из моей же квартиры, они не пальцы дверью мне прищемили! Они душу мне прищемили! Эти хищницы разрушили нашу семью! Отобрали у меня мать и отца! И я должна эту дрянь пожалеть? Подруга, вот такого вопроса не ожидала я от тебя! За такое не жалко убить, а я всего лишь поставила ее в то положение, в которое они когда-то ввергли меня. При этом, заметь, я не собираюсь запрещать Олегу общаться с дочерью. Я не буду ставить ему ультиматумы: или дочь, или я! Я лайтово вернула должок. И совесть моя абсолютно чиста, если ты к этому клонишь.

Ольга замахала руками:

— Успокойся, я не осуждаю тебя.

И тут же от боли заохала, но продолжила:

— С собаками так не поступают, как они поступили с тобой. Ой, что-то мне плохо, — пожаловалась она.

— Правильно, плохо, — прикрикнула на подругу Светлана. — Слушай, лежи и молчи, а не митингуй. Тебе еще рано напрягать грудную клетку. Покажи, как тебя распарнахали. Шрам остался большой? — уже с нежностью спросила она.

— Да не могу я еще показать. Там все забинтовано. А что теперь будешь делать с Олегом? Бросишь — он обратно к ней побежит. Мне бы этого не хотелось. Месть так месть. Но с другой стороны, долго с ним тоже накладно тянуть. Время тратить, ломать комедию. Я бы быстро устала.

— Ты бы вообще не смогла, — рассмеялась Светлана и, посерьезнев, призналась: — Солнышко, я влюбилась.

Ольга ушам своим не поверила:

— В кого? В мужа Альбины?

— Да, в Олега. Он такой мужик!

Не найдя слов, Светлана лишь закатила глаза.

— Что, так в постели не отразим? — смущенно поинтересовалась подруга, опасаясь подробностей.

— И в постели тоже, но дело не в том. Понимаешь, он любит красиво.

— Что ты имеешь в виду?

— Это нельзя объяснить, невозможно.

— А ты попробуй, раз уж заинтриговала.

Светлана закинула ногу на ногу, обхватила колено руками и, раскачиваясь на стуле, начала анализировать:

— Вот как любят наши мужчины?

— Нежно, страстно, щедро, заботливо и послушно, — мгновенно перечислила Ольга, которую трудно было поставить в тупик.

— Да, но при этом они живут по своим ежедневникам. Не забывают про бизнес, про фитнес, про теннис, клуб и преферанс. Выходит, любовь у них по расписанию. Олег весь отдался мне! Весь! Он забросил бизнес, друзей и семью! Он каждую минуту думает обо мне. Рассказывал: «Иной раз ночью просыпаюсь от тоски по тебе, долго на кухне сижу и курю, заснуть не могу». А утром я нахожу от него в телефоне сотни сообщений, признаний в любви. Сама вижу, не врет, ночью посылал. Понимаешь, он растворился во мне. Солнышко, это так приятно, так душу греет!

Ольга вздохнула, охнула от боли и удрученно сказала:

— Красиво, конечно. Немного даже завидно, но что станешь делать, когда нагреешься? Он же тебе надоест.

— Ой, когда надоест, тогда и буду думать, — отмахнулась Светлана. — А сейчас не мешай наслаждаться. Ой, солнышко, я опьянела от счастья! — радостно рассмеялась она. — За все свои страдания отнаслаждаюсь! Наслаждаюсь любовью и местью за боль, которая столько лет мне жгла сердце! Вот прихожу к сестренке подлой своей, к Альбине, смотрю, как она корчится от страданий, и наслаждаюсь! Вот такое у меня долгоиграющее наслаждение.

Ольга скептически произнесла:

— Боюсь, она перестанет тебя принимать. Она же не мазохистка, чтобы каждый день встречаться с разлучницей.

— Никуда она не денется от меня, — заверила подругу Светлана. — Альбина прочно сидит на крючке. Я советовалась со своим психоаналитиком, а он ее знает вдоль и поперек. Кстати, терпеть не может ее. Так вот, мой психоаналитик так предсказал: Альбина победительница, своего никогда не отдаст и будет еще за Олега сражаться. А для этого ей нужна я. Она захочет держать руку на пульсе наших отношений. Станет выпытывать у меня, как там у нас с Олегом дела. И советами вредными будет пичкать меня. Борьба лишь начинается. Это Альбина так думает, а я уже знаю, что победила в этой борьбе.

Увидев гримасу боли на лице у подруги, Светлана запнулась и воскликнула:

— Ой, что это мы все об этой Альбине! Много ей чести. Давай поговорим о тебе. Что врачи обещают? Долго тебе еще здесь лежать?

Ольга пискнула:

— Говорят, минимум неделю, а там как рана будет себя вести. Стреляные раны опасны воспалительными процессами. Ой, что-то грудь у меня разболелась. Права ты, нельзя было брать альбом.

— Конечно, нельзя, растревожила рану.

— Уж очень фотографии хотелось мне посмотреть.

— А я здесь зачем? — улыбнулась Светлана. — Сейчас фотографии вместе и посмотрим, какие мы были с тобой молодые.

Держа альбом на весу, она перелистывала страницы. Подруги увлеченно рассмотрели все фотографии.

Когда Светлана перевернула последнюю страницу, обе хором восхитились:

— Надо же, пуля прошла альбом насквозь, а ни одна фотка не пострадала! Чудеса!

— А пулю мне даже не показали, — пожаловалась Ольга.

— Почему?

— Следователь сказал, что она прошла экспертизу и теперь приобщена к делу как вещественное доказательство. Все выспрашивал меня, не получал ли Сергей угроз. Разрабатывают версию, что покушение было совершено в качестве устрашения Сергея. Он, как префект, не может всем угодить, вот и думают, что это угроза с намеком, что следующий будет он.

Светлана не хотела расстраивать Ольгу, а потому скрывала, что на нее уже были покушения. Если раньше она высказывала подозрения, что ее мужья умерли не своей смертью, то после первого покушения эта тема была замята. Поэтому, пребывая в неведении, Ольга волновалась за жизнь мужа.

— Солнышко, не нервничай, — успокоила ее Светлана. — Сергею усилили охрану. Даже у твоей палаты дежурит полицейский.

Она глянула на часы и заспешила:

— Заболталась я, а мне еще надо успеть в салон красоты. Приглашена на банкет без права отказа, — рассмеялась и, чмокнув в щеку подругу, распрощалась с Ольгой и убежала.

Посетив салон красоты, Светлана отправилась в свой пентхаус, где ее ждал визажист. Светлана надела элегантное платье, после чего визажист сделал ей вечерний макияж. Надев украшения и накинув меховую пелеринку, она спустилась на лифте вниз. Там ее уже поджидал автомобиль с водителем.

Банкет был по случаю юбилея высокопоставленного чиновника, приглашения которого не принято игнорировать. Масса людей счастливы были бы получить подобное приглашение, Светлана же воспринимала торжество как скучное обязательство. По пути она заехала в агентство, где выбрала для эскорта представительного вида мужчину. Одной появляться на таком мероприятии было нельзя, а Олега пригласить она не могла.

«Да и выглядел бы он там негармонично», — подумала Светлана, взяв под руку оплаченного кавалера и направившись в банкетный зал.

За фуршетом, в толпе приглашенных особ, она увидела Тураеву в ослепительно красивом платье:

ручной работы французские кружева на жемчужно-сером французском шелке. И все это великолепие украшено узорами из натурального серебристого жемчуга. Альбина с бокалом в руке так горделиво держалась, словно всю жизнь прожила на таких вот банкетах.

Заметив Светлану, Тураева скользнула ревнивым взглядом по красавцу, сопровождавшему ее, и в знак приветствия подняла бокал. Светлана ответила тем же движением, но к Альбине не подошла. Ее уязвило преображение этой женщины: из строгой серой мышки неопределенного возраста она вмиг превратилась в элегантную светскую красавицу. Пышная прическа, украшенная диадемой, обрамляла ее молодое лицо. Высокая, статная, вся в отца — неотразимая сестра Альбина.

«Вот она бывает какая, — расстроившись, подумала Светлана и удивилась: — Что это? Я ревную Олега к его жене? Но такой он не видел ее никогда! И никогда не увидит!» — мстительно решила она.

ГЛАВА 29

Честь клана

Нужно самому иметь достоинства,
чтобы разглядеть их в других.

Маркиза Помпадур.

оферти значительно раньше беглецов прибыл в Вашингтон и в квартиру, снятую Георгом. Консьерж, увидев важного господина, незамедлительно подал ему ключи. Генрих вошел в убогую комнату, повертел в руках старый облезлый стул и брезгливо сел на него, приготовившись к встрече с женой и дочерью. Когда Сесиль и Георг вбежали в квартиру, счастливые и воркующие, полные радужных планов, они остолбенели. Увидев Доферти, парочка испугалась: глаза их наполнились ужасом. Лишь Светлана, которую Георг держал на руках, обрадовалась и залепетала ласковые слова на детском своем языке.

Доферти не стал издеваться над беглецами, а поступил благородно: сразу перешел к делу.

— Сейчас сюда явится мой поверенный, — сказал он, глядя лишь на Сесиль. — Он оформит наш развод и мой отказ от Светланы. После этого ты становишься матерью-одиночкой и вольна сама выбирать ребенку отца. Алиса остается со мной. После оформления всех необходимых бумаг вы со Светланой уезжаете в Россию.

Заметив порыв Сесиль возразить, Доферти поспешно сказал:

— Это не обсуждается. И не думайте, что это месть. Мне очень больно расставаться с тобой и дочерью, но я вынужден спасать честь нашего клана. Среди моих близких родственников много высокопоставленных чиновников, сенаторов и крупных партийных деятелей. Я не могу допустить скандала. Самый малый скандал погубит их карьеру. Наш позор навредит уважаемым людям, которых ты, Сесиль, ставишь под удар своим эгоизмом и необдуманными поступками.

— Генри, я тебя умоляю! — протянув к нему руки, воскликнула она.

Доферти повторил:

— Это не обсуждается. Только слушайте. Если я не приму надлежащие меры, к вашему дому слетятся, как коршуны, папарацци и акулы пера. Они окружат этот дом, вы не сможете даже выйти. Вам будут тыкать под нос микрофоны и выкрикивать оскорбительные вопросы, вас будут снимать. Эти снимки облетят все газеты, а кадры попадут на экраны телевизоров. И вы наивно надеялись жить-поживать в свое удовольствие? Сесиль, ты связала себя с нашим родом и должна понимать, что мы не всегда имеем возможность жить в свое удовольствие. Превыше всех удовольствий для нас честь нашего клана, честь нашей семьи. Поэтому до подписания надлежащих бумаг вы остаетесь под домашним арестом. Потом вас препроводят в аэропорт и посадят в самолет. Сесиль, какое-то время тебе придется пожить в России. Через несколько лет все уляжется. Ты сможешь вернуться, но только с дочерью. Без Георга. Малышка, иди ко мне, — позвал он Светлану.

Георг поставил девочку на пол, она подбежала к Доферти. Он крепко обнял ее, поцеловал и, вытирая слезы, молча вышел из комнаты.

— Генри, я еще увижу тебя? — крикнула ему вслед Сесиль.

— Уже никогда! — не оглядываясь, ответил Доферти.

Все произошло удручающе стремительно. Такой развязки Сесиль не ожидала. Уже через две недели Сесиль, Георг и Светлана были в аэропорту. Ожидая рейса до Москвы, поверенный Доферти с сочувствием посмотрел на растерянную женщину и сказал:

— Вы еще убедитесь в благородстве вашего бывшего мужа. В Москве вас встретят и помогут устроиться. Господин Доферти не допустит, чтобы его бывшая жена и ребенок узнали нищету и лишения.

И действительно, все устроилось самым чудесным образом. Их встретили и отвезли в уютную трехкомнатную квартиру. Георгу предложили хорошую должность в министерстве нефтепромышленности. Какая-то неведомая рука вела его вверх по карьерной лестнице. Вскоре их семья переехала в более просторную квартиру. В доме появились кухарка и помощница, однако Сесиль тосковала по родине и по роскоши. Очень быстро она поняла, как дорого заплатила за свою любовь.

Она посылала Доферти и графине фотографии Светланы и видеофильмы с ней. Доферти ни разу ей не ответил, зато писали графиня и Августа. Графиня посылала весточки от Алисы, ее фотографии. Августа в письмах рассказывала, как часто рассматривает Генрих фотографии дочери, как часто пересматривает видеофильмы с ней. Августа была уверена, что господин с радостью примет Сесиль, если она пожелает вернуться.

Однако любовь к Георгию не ослабевала. С ним Сесиль была счастлива: лишь тоска по родине омрачала ее жизнь. Через три года Августа сообщила, что госпожа может вернуться проведать своих родственников. Сесиль не меняла гражданство, поэтому в этот же день улетела в США. Одна. Светлану взять с собой Георгий не разрешил.

Вернувшись на родину, Сесиль первым делом помчалась не к родственникам, а к графине в желании увидеть Алису. К ее радости, девочка не забыла свою любимую маму. Она с визгом восторга прыгнула на шею Сесиль и зацеловала ее, приговаривая:

— Мамочка, моя мамочка, приехала! Больше не уезжай. Я очень по тебе скучала!

Сесиль плакала, а Алиса слизывала ее слезы и смеялась:

— Мама соленая!

— Какая ты стала взрослая и красивая! — поразилась Сесиль.

— Да уж, — улыбнулась графиня. — Мы даром времени не теряли. Посмотри, какие у нее ровные ножки. Она уже учится в школе. Алиса, похвастайся маме своими успехами.

Девочка схватила учебник и начала бегло читать, чем растрогала Сесиль: она снова плакала и улыбалась.

— Как бы я хотела забрать Алису с собой, — шепнула она графине.

Графиня, с сочувствием покачав головой, призналась:

— Генрих этого не позволит.

— А могу я увидеться с ним? — с мольбой спросила Сесиль.

— Дорогая, — проникновенно сказала графиня, — смиритесь. Генрих не хочет вас видеть, а Алисе здесь лучше.

— Как же лучше? Он даже не берет Алису к себе. Ребенок живет у вас: без матери и отца.

— Это временно. Тем более что в наших кругах дети с определенного возраста живут вдали от родителей в дорогих частных школах и колледжах. Скоро мы и Алису отдадим в русскую школу, где она будет учиться и жить. Там ее и научат хорошим манерам, и познакомят с русской культурой. Кстати, в эту школу отдают своих детей служащие русского посольства.

Сесиль не поняла, к чему клонит графиня, и удивилась:

— Зачем это ей? Если Алиса остается в Америке, ей это не пригодится.

— Но ты же не собираешься возвращаться сюда навсегда, — прозвучало в ответ.

— Могу я это понимать как возможность позже забрать Алису к себе? — с надеждой спросила Сесиль.

— Можешь, — кивнула графиня. — Генрих не из мести не отдает ребенка тебе. Ты же понимаешь, что пластическая хирургия, в которой Алиса нуждается, в России далеко не на высоте. Местные хирурги обещают сделать из Алисы красавицу. Некоторые плоды их трудов ты увидела. Мы ждем первых месячных, когда остановится рост. После этого Генрих не поскупится на самые дорогие операции.

— Спасибо вам и ему, — поблагодарила Сесиль.

Графиня удивилась:

— Спасибо за что? За то, что мы любим Алису? Ах, дорогая, Генрих не зверь. Он часто нас навещает, играет с ребенком и даже сам, без принуждения, целует ее, чего раньше, как ты помнишь, боялся. Он с нетерпением ждет, когда девочка станет красавицей. Ничего не поделаешь, у каждого свои слабости, — вздохнула она. — Генрих любит все только красивое. Кстати, по Светлане он очень скучает. Если ты привезешь ее в следующий раз, обещаю устроить вам встречу с Генрихом.

Сесиль вдохновенно воскликнула:

— Обязательно привезу!

Долго жить в США она не смогла. Торопливо навестив всех многочисленных родственников, Сесиль вдруг поняла, что соскучилась не только по мужу, дочери, но и по России.

«Это кара такая за мои грехи, — думала она, улетая домой. — В России тоскую по родине, а на родине меня тянет в Россию. Как долго меня будет рвать на части? Или я когда-нибудь успокоюсь и прибьюсь к одному берегу?»

Тогда она даже не подозревала, что берегом этим окажется ее родина. Тогда Сесиль была полна планов долго и счастливо жить со своим любимым мужем, привезти Алису, дождаться внуков от дочерей, а может, и правнуков. И свою смерть принять она планировала спокойно и благостно, оставив бренное тело в могиле России.

Судьба-владычица распорядилась жизнью Сесиль иначе.

ГЛАВА 30

Феерия

*Если хотите иметь безукоризненных
друзей, ищите их среди ангелов.*

Маркиза Помпадур.

Этой ночью Тураева второй раз за все годы супружества не ночевала дома. С банкета Александр повез ее в свой пентхаус. После бурной и страстной любви она лежала в его объятиях и думала: «Я должна поговорить с дочерью раньше Олега и настроить ее против отца».

Альбина глянула на часы и тревожно попросила:

— Милый, мне срочно надо вернуться домой. У моей дочери завтра, точнее, уже сегодня, юбилей: день совершеннолетия.

Александр был потрясен:

— Твоей дочери исполняется восемнадцать?

— Да, дорогой, я рано вышла замуж.

— Ты сама выглядишь на восемнадцать лет! — воскликнул Александр, покрывая ее руку поцелуями от кончиков пальцев и до плеча. — Я еще не встречал таких обворожительных, умных, образованных и безумно страстных женщин, — произносил он слово за словом после каждого поцелуя.

Увидев, что она безучастна и мыслями уже не с ним, Александр заявил:

— Выбрось из головы все проблемы. Я подарю твоей дочери такой праздник, который запомнится ей на всю жизнь. Закажу дорогой ресторан, пригласим всех ее однокурсников, ведь она где-то учится?

— В университете, — сообщила Альбина и пояснила: — Она домоседка, мы уже наметили праздновать в кругу семьи. Алена пригласила всего двух подруг. Однокурсники с ней не дружат.

Он рассмеялся:

— Задружат! Ты плохо знаешь мои способности! — Уже деловито продолжил: — Значит, так, говоришь, она учится. Тогда пиши мне адрес университета и все данные, я ее однокурсников заберу прямо с занятий. Сейчас поедем в салон — покупать наряд твоей дочери и тебе.

— Нет-нет, — запротестовала Альбина. — Я должна срочно переговорить с ней до ее ухода в университет.

Она не хотела рассказывать Александру о том, что муж собирается уходить из семьи, что она хочет опередить его с разговором и настроить дочь против отца. Однако Александр не увидел преград.

— У нас мало времени, — сказал он. — Сейчас отвезу тебя домой, а пока ты будешь разговаривать с дочерью, закажу банкет в ресторане.

Когда Альбина узнала, в каком он ресторане собрался заказывать банкет, поразилась:

— Там столик заказать невозможно за день, приходится ждать неделями.

Он отмахнулся:

— Ерунда, для меня откроют VIP-зал.

Взглянув на растерянную Альбину, Александр воскликнул:

— Давай-давай, солнышко, торопись! Прислугу я отпустил, так что мчусь готовить нам завтрак, а ты в темпе марша собирайся в дорогу.

Наспех позавтракав, он шутливо крикнул:

— По коням, — и размашисто направился к лифту.

Альбина, ломая шпильки и путаясь в длинном платье, понеслась вслед за ним.

По дороге Александр, на ее удивление, легко договорился о VIP-зале и позвонил в салон модной одежды. Когда Альбина вышла из «Бентли», он напомнил:

— Разговор сократи до минимума, у нас масса дел.

Влетев в квартиру, Альбина с радостью обнаружила, что дочь еще дома, а мужа нет.

— Алена, — с ходу сказала она, — нас папа бросает.

Девушка завтракала. От неожиданности она поперхнулась и сильно закашлялась.

— Как бросает? — с трудом хватая воздух, прохрипела она.

— Завтра уходит к другой женщине, — хлопая дочь по спине, сообщила Альбина. — Он планировал признаться тебе после твоего дня рождения.

Алена обрела дар речи и возмутилась:

— Добренький он какой! Предатель! Это подло — поднимать тосты за мое счастье, зная, что он же и делает меня несчастной!

— Ты права, доченька, честнее было бы сказать до дня рождения, — согласилась Тураева.

— Мама, о каком дне рождения ты говоришь? Я видеть его не хочу! Папочка лишил меня дня рождения. И подарков от него не приму. Сегодня останусь ночевать у подруги. Вернусь домой, когда он уйдет.

Ход мыслей дочери Альбине понравился. «Вся в меня, — с гордостью отметила она, — не то что ее нюня отец».

Однако вслух произнесла:

— Аленушка, у меня есть влиятельный друг. Он подготовил тебе сюрприз, поэтому праздник не отменяется, но из дома мы исчезаем. Пусть уходит без нас. Он думает, что мы будем рыдать и умолять его, а найдет пустую квартиру.

Альбина помчалась в спальню менять диоровское платье на скромный костюмчик, но не умолкала.

— Доченька, нас ждет мой друг, сейчас надо быстро смотаться в салон за нарядами, потом он отвезет меня на работу, а тебя в университет, — пыталась докричаться она до кухни.

В ответ раздалось:

— Мамуль, какой салон? Я в универ опоздаю. Да и нет у меня настроения праздновать. Все отменяется. Тем более будний день.

— Когда узнаешь, что тебя ждет, перестанешь капризничать, — вернувшись из спальни, сообщила Альбина. — Для моего друга нет преград. Увидишь сама.

Выходя из подъезда, Алена ворчала, протестуя против поездки в бутик, но, увидев «Бентли», она резво запрыгнула в роскошный салон. Альбина села рядом с водителем и сказала:

— Александр, познакомьтесь, это моя дочь Алена.

— Красавица, — восхитился он.

Альбина продолжила:

— Доченька, это мой друг, Александр. Он волшебник, поэтому ничему не удивляйся.

Модный салон еще был закрыт, но их там уже ждали. Продавцы суетливо начали предлагать один наряд за другим. Подобрали и маме, и дочери полные комплекты: платья, обувь, сумочки и даже украшения. Все красиво и быстро упаковали, вручили пакеты в руки, вежливо поблагодарили и пожелали удачи в пути.

— Мамуль, а платить? — смущенно шепнула Алена. — Ты видела ценники? Это ж грабеж.

Альбина напомнила:

— Ничему не удивляйся. Считай, что сегодня ты в сказке.

Александр подбросил Алену в университет, развернулся и повез Тураеву на работу.

— Ты во сколько заканчиваешь прием? — спросил он, нежно целуя ее в губы.

— В двадцать часов, — сказала она.

— Можешь освободиться на час раньше?

— Могу, — улыбнулась Альбина.

Они распрощались. Тураева с пакетом из бутика пошла на работу, а Александр помчался устраивать сказку Алене.

Началась сказка фантастически. К концу занятий в аудиторию просочился декан факультета и приказал:

— Студенты, все дружно выходим на улицу и погружаемся в микроавтобусы, которые отвезут вас домой. Дома вы наряжаетесь и возвращаетесь в микроавтобусы. На сборы даю вам час. После этого микроавтобусы отвезут вас в сказку. Желаю вам удачно повеселиться. Завтра первая пара отменяется. Приходим ко второй паре, но в полном составе. Все. Выполняем.

Студенты хором закричали «ура» и ломанулись на улицу. По пути все дружно гадали, что происходит? Откуда на них свалилась манна небесная в виде самого декана?

Когда их нарядных подвезли к причалу, у которого ждал теплоход, все растерялись. В этот момент на «Бентли» подкатила Алена. Она уже побывала в салоне, где принарядилась и обзавелась прической и макияжем. Александр за руку, как принцессу, подвел Алену к ребятам и весело произнес:

— Сегодня мы празднуем день рождения этой красавицы!

Изумленные однокурсники восторженно закричали свои поздравления, после чего все ринулись на теплоход. В празднично украшенном салоне стояли столы с закусками и шампанским. Играла музыка, аниматоры развлекали ребят. Александр стоял на причале и с улыбкой удовлетворения смотрел вслед шумно и радостно отплывающей молодежи. У него было еще много сказочных дел.

Отведав холодных закусок и выпив легких напитков, студенты пришли в восторг, который был прерван командой, поданной в мегафон. Аниматор в костюме медведя, дурачась и косолапя, пригласил всех гостей наверх. Молодежь поспешила за ним.

Палуба теплохода наполнилась громким смехом. Капитан сбросил ход судна перед одним из мостов, где сотни людей с цветами сделали чудный флеш-моб. Из разноцветных букетов вдруг сложилось имя «Алена». Потом появилась надпись: «Тебе 18». И под конец цветочное буйство на мосту взорвалось салютом. Букеты взлетали в небо, и вновь падали вниз, и снова взлетали в небо. Когда же салют опал, вновь появилось имя: цветы строго застыли, написав над рекой «АЛЕНА».

Вновь заурчали моторы. Студенты сбежали вниз, поглядывая на Алену, как на принцессу из сказки. Стюарды сменили закуски: в высоких бокалах вновь появились напитки. Прогулка по водам реки продолжалась с прежним весельем. Когда стало смеркаться и появились первые звезды, теплоход подошел к причалу. Студенты высыпали на набережную Москвы-реки. Там, прогревая моторы, стояли микроавтобусы. Они отвезли шумную компанию в ресторан.

Из атмосферы веселой и шумной речной прогулки компания окунулась в роскошный мир ресторана, который слегка приглушил веселые крики студентов своей буржуазной солидностью с легким налетом помпезности.

VIP-зал, куда всех привели, поверг молодежь в восторг. Столы стояли у стен, на них громоздились закуски. Изысканность сервировки и изобилие яств не были главной темой, поразившей умы студентов. Посреди просторного зала, на подиуме из металла, сверкающего позолотой, стоял огромнейший торт. По его шоколадному краю каллиграфическим шрифтом бежало имя Алена, а на вершине чуда из бисквита и взбитых сливок сияла золотом цифра 18. Когда удивляться устали и потянулись к столам, в зал вошел Павел Фоля — кумир и звезда молодежи. Сегодня он был в ударе и его искрометные шутки заставили всех смеяться до судорог, до икоты. Наконец Павел сказал, указав на антресоли:

— Ну а теперь танцевать. «Город 312» дарит Алене песни, которых никто не слышал, и, конечно, споет вам те, которые полюбились.

Закуски были забыты. Молодые люди начали танцевать, взбодрив себя легким шампанским. Все парни рвались приглашать лишь Алену: оказалось, Алена одна, а их много. Она приняла приглашение сына банкира Миши Бурзина. Ведя Алису к танцполу, Миша шепнул:

— Ты крутая! Я и не знал. Что ж ты скромно молчала? Мы бы с тобой замутили.

Алиса вырвала руку и дерзко сказала:

— Не светит тебе, Бурзин! Я полюблю только раз и до конца жизни. Но тебя нельзя полюбить.

«Город 312» не успел заиграть. Слова услышали все. Миша Бурзин покраснел, а Алиса гордо ушла к светловолосому парню, стоявшему у стены.

Пока молодежь веселилась, Александр забрал Альбину с работы и отвез ее в салон красоты. Там она нарядилась, ей сделали прическу и макияж, после чего Александр повез свою красавицу в ресторан. В пути она нервничала и поглядывала на часы.

— Слушай, — вдруг спросила она, — а как быстро можно оформить развод?

Он удивился:

— Сама хочешь развестись или спрашиваешь для кого-то?

— Сама.

— За десять минут, — обрадовался Александр. — Ты только скажи, я мигом устрою.

Альбина пожала плечами:

— Вот говорю. Завтра утром хочу развестись с мужем.

— Один мой звонок, и считай, что уже развелась.

— Отлично, — злорадно улыбнулась Тураева, набирая номер Олега.

Услышав его голос, она с издевкой спросила:

— Ты завтра к открытию ЗАГСа сможешь подъехать?

Он пришел в замешательство, но ответил:

— Подъеду. Хочешь подать заявление на развод?

— Нет, дорогой. Нас разведут за десять минут, — победоносно отчеканила Альбина, положила в сумочку трубку и воскликнула: — А теперь можно петь и плясать!

Александр на роскошном «Бентли» подвез ее к ресторану и под руку ввел в VIP-зал, сам, впрочем, скромно исчез. К ней подлетел Павел Фоля, который взмахом руки погрузил зал в тишину, и торжественно произнес:

— Лучшая из матерей, без которой наш чудный праздник никогда бы не состоялся, мать малышки Алены, блистательная Альбина!

На сверкающем узком подносе появился бокал с шампанским, который Павел, склонившись, протянул счастливой Тураевой.

— Тост! — прокричал он.

И Альбина сказала тост, в который вложила душу и гордость своего материнского сердца. Залпом выпив бокал, она разбила его о сверкающий пол зала. В этот миг подиум торта, разделив его на куски, раздвинулся, пропустив фей и драконов. Под игривый восточный танец феи порхали по залу и потчевали тортом парней, а мускулистые драконы угощали тортом девиц. Все были в восторге.

В самый разгар веселья Павел Фоля вскочил на танцпол и задорно крикнул:

— Вы думаете, это все? Это всего лишь вторая часть программы! Главная часть впереди. Тех, кто не «загрузился», сейчас загрузим в автобусы и покатим в знаменитый клуб-караоке. Там вы будете петь с теми, кого многие из вас видели только в телике. С вами споют звезды эстрады!

Что тут началось! Молодежь с восторгом рванула к выходу.

В толчее Альбина с трудом отловила дочь и строго сказала:

— Ночуешь дома. Отец ушел. Меня тоже не будет.

— Хорошо, мамуль, — чмокнув в щеку Альбину, согласилась Алена и убежала.

— Смотри не проспи вторую пару! — крикнула та ей вслед.

Глянув на Александра, она призналась:

— Молодежь уже нетрезвая, как-то страшно ее одну отпускать. Но с другой стороны, там будут ее кумиры, все эти группы, ансамбли. Как не пустить? Столько счастья!

Он обнял ее и, увлекая к двери, успокоил:

— Аленка у нас под охраной. Три телохранителя в толпе тебе достаточно, чтобы не волноваться? И за девочкой последят, и домой ее отвезут.

— Ты настоящий волшебник! — восхитилась Альбина.

В пентхаусе после страстной любви Александр крепко обнял ее и заявил:

— Хочу свадьбу! Ты уже свободная женщина!

«Местами меняемся, — подумала Альбина, вспоминая Светлану и мечтательно обводя взглядом спальную комнату размером с конференц-зал. — Я стремительно превращаюсь в необычную женщину, на ней же появился налет ординарности. Вчера на ее фоне я почувствовала себя королевой, так подавленно и устало выглядела она».

ГЛАВА 31

Везет так везет

Еж бы отказался от своих колючек,
если бы у волка не стало зубов.

Маркиза Помпадур.

Этим вечером Светлана сидела дома. Неожиданно промурлыкал вызов айфона: экран высветил фото Олега.

— Привет, — прозвучал его голос. — Чем занимаешься?

— Телевизор смотрю.

Олег неожиданно заявил:

— Я еду к тебе.

— Как? — удивилась она. — А день рождения дочери? Ты же только завтра к вечеру собирался приехать.

— Все изменилось, — угрюмо ответил Олег.

Светлана ответила:

— Хорошо, приезжай.

Едва отключив айфон, она вызвала водителя и заметалась по дому, торопливо заталкивая в чемоданы дешевые вещи, купленные заранее. Спустилась на лифте из своего пентхауса, и поданный лимузин отвез ее на съемную квартиру. В спешке успев растолкать и развесить платья и свитера по шкафам и комодам, Светлана понеслась открывать дверь Олегу.

Он был так удручен, что, отпрянув, она спросила:

— Что с тобой? На тебе же лица нет.

Олег скрипнул зубами и пожаловался:

— Представляешь? Меня в ресторан не пустили.

— Боже, о чем ты, милый, какой еще ресторан?

Олег рухнул на диван, бессильно уронив руки, и с кривой улыбкой сказал:

— Этот, ее ухажер, устроил дочери праздник в ресторане, куда меня не пустили: не так я одет. Вдобавок, прикинь, в списке приглашенных они отца не нашли.

— А как ты узнал о ресторане? — удивилась Светлана.

— Пришел домой, как планировали, а дома ни жены, ни дочери, ни накрытого стола. Я испугался, подумал, что-то случилось, и позвонил Алене. А она мне: «Мы давно празднуем в ресторане».

— Она тебя пригласила?

— Да в том-то и дело, что нет. Сам поехал, как последний дурак.

Светлана изумилась:

— Почему как дурак?

— Да потому! Когда меня не пускали, я потребовал вызвать дочь. Думал, она меня проведет. А Алена сердито на меня посмотрела и сказала: «Пап, такие костюмы не носят давно. Иди домой». И убежала. А сама разряжена в пух и прах. Я ей таких дорогих вещей не покупал.

— Убежала? — оторопела Светлана. — И даже не пообщалась с тобой?

— Нет, — покачал головой Олег. — Я так понял, жена уже с ней пообщалась и настроила против меня. Она психолог, умеет людей обрабатывать. Короче, я увидел, что дочь ненавидит меня.

— Ну, не расстраивайся, — попыталась успокоить его Светлана. — Все еще наладится. Ну, проведет день рождения без тебя. Не беда.

— Все еще хуже. Завтра идем разводиться с женой.

— Откуда ты это узнал? Ты видел Альбину?

Отметив в ее голосе ревность, Олег сообщил:

— Нет, она мне позвонила. Договорились о встрече. У ЗАГСа. Ухажер оказался влиятельным. Сказала, разведут за десять минут.

— Надо же? — удивилась Светлана. — Обычно ждут месяц, а то и больше.

— Ну, это обычно, — со вздохом сказал Олег. — Здесь случай другой. Поставят штампики — и до свидания.

— Так радуйся, она взяла вину на себя. Это она разводится, а не ты, о чем горевать? Все сложилось удачно.

— Сложилось все неожиданно. Учти, мы прожили почти двадцать лет, а она их легко отправила прямо под хвост коту.

Светлану взбесила его реакция на развод.

— Знаешь что, — возмутилась она, — ты разберись: любишь свою жену или нет?

— Люблю? С чего ты взяла?

— А в зеркало на себя посмотри. Почернел и осунулся. Трагедия у тебя. Сейчас плакать начнешь.

Олег вскочил с дивана, мельком глянул в зеркало и заметался по комнате, подбирая слова. Когда аргументы нашлись, он снова сел и виновато сказал:

— Ты неправильно поняла. У меня давно нет любви. Она задела мое самолюбие. Причем неожиданно. Это я хотел развестись, а выходит, что меня подальше послали.

— Ах, вот оно что, гордость задета, — усмехнулась Светлана. — А о моей гордости ты подумал? Хотел развестись — получишь развод. Тебя же от одной мысли о разговоре с дочерью бил мандраж. За тебя и с дочерью поговорили, и на развод подают. Где радость?

Олег широко улыбнулся, обнял Светлану и искренне сообщил:

— А знаешь, я действительно радуюсь.

Оттаяв, она спросила:

— Когда у вас будет развод?

Он уже буднично сообщил:

— Завтра, с утра, перед работой, как только откроется ЗАГС.

— Ну вот и чудесно, — подвела итог Светлана. — Все довольны, все пляшут. Завтра поеду с тобой, посижу подожду в машине, пока вам поставят штампики. Потом отправимся вдвоем в твой офис. Ты же не передумал брать меня на работу?

Олег подхватил ее на руки и, напевая «конечно, нет, конечно, нет», закружил по комнате в вальсе. Светлана чмокала его в щеку, радостно отбивая ритм:

— Раз, два, три, раз, два, три.

Утром Светлана с Олегом подъехали к ЗАГСу. Она села сзади, скрывшись за тонировкой. Вскоре королевой, на дорогом авто подкатила к ЗАГСу Альбина. Развод был действительно быстрым: уложились в десять минут. Уязвленный Олег вернулся в свою дешевую машину. Он был явно расстроен тем, что Альбина укатила на дорогой.

Заметив это, Светлана его успокоила:

— Все это неприятно. Я тебя понимаю, но, как известно, время лечит.

— Меня лечит работа, — резко ответил Олег, рыкнув мотором авто. — Сейчас подниму объекты, доведу их до ума. На хозяйстве останешься ты. Будешь моим замом.

Светлана пожала плечами, иронично подумав: «Ого, уже замом! Стремительный карьерный взлет».

Прибыли в убогий офис. Он представил ее сотрудникам, сказав, что теперь она будет его замещать. После короткой речи Олег укатил на объекты. Светлана всем улыбнулась и попросила, чтобы ей собрали документы о фирме. Полистав бумаги, она поняла, что «Зодчий», так называлась фирма Олега, считать фирмой нельзя. Это была шарашка, где каждый был занят делом, которое делал плохо. Никто, в том числе и Олег, не искал доходных заказов, просто сидели и ждали их.

«То, что хороший заказ сам не падает с неба, аксиома. И то, что специалисты должны уметь работать с заказчиком, еще одна аксиома, — подумала Светлана и решила: — Пора приниматься за дело».

Поднимать погибающий «Зодчий» Светлана взялась с размахом. Уже через несколько дней Олег изумленно смотрел на послание префектуры, в котором ему предлагалось участие в аукционе на выделение под застройку лакомого участка в приличном районе столицы.

Он отложил бумагу, растерянно поднял глаза и сказал:

— Светлана, послушай, я даже заявку не подавал в префектуру. Как они обо мне узнали?

Она пожала плечами, предположив:

— Ты хорошо работал. Все объекты закончил или вот-вот закончишь. У префекта статистика есть. Вот он и выбрал «Зодчий» для участия в аукционе.

Олег горько вздохнул:

— Может, оно и так, но я гол как сокол. Какой тут аукцион под участок в тридцать гектаров? Чем заплатить за землю?

— Ну, можно взять кредит или гарантии банка. Кто тебя кредитует? Это солидный банк?

— Да, очень солидный, только я для них мелкий клиент.

Светлана посоветовала:

— И все же сходи, попробуй попроси гарантии банка под этот аукцион. За спрос не бьют в нос.

— Ладно, сейчас поеду в банк и сразу к префекту, — деловито кивнул Олег. — Аукцион-то сегодня.

Он стремительно вышел, а Светлана, скрывая улыбку, подумала:

«Все срастется. И банк гарантии даст, и земля будет твоей. А уж каждый заказ будет просто подарком. К тому же специалистов ищут по всей Москве. Лучших специалистов».

Уже стемнело, когда вернулся Олег. Он выглядел как боец, сразивший одним ударом полчища грозных врагов, и при этом так удивился, что сам себе не поверил.

— Ну как? — спросила Светлана. — С банком договорился?

Олег солидно кивнул:

— И банк гарантии дал, и в префектуре успех. На аукционе были монстры строительной индустрии, а землю вместе с заказами получил мой маленький «Зодчий». Чудеса!

— Бабушка всем говорила, что я приношу удачу, — с улыбкой сказала Светлана.

Олег, грудь колесом, прошелся по кабинету и важно сказал:

— Если дела так и дальше пойдут, придется менять офис. И машину буду менять. Банк открыл кредитную линию почти на два миллиарда. Мы теперь крупная фирма с очень солидным заказом.

— И что это значит? — спросила Светлана.

Олег обнял ее и воскликнул:

— Светик, да мы теперь богачи! Линия в два миллиарда только на первый объект. И с каждого миллиарда четверть останется в фирме.

Светлана с улыбкой подумала: «Приятно, конечно, смотреть: радуется как ребенок. Но с другой стороны, никак не могу я превратиться в обычную женщину. Правильно ли я поступаю, что даю ему силы? Не обернется ли это мне горем?»

В конце концов она решила: «Время покажет».

ГЛАВА 32

Превратности любви

Политика и война –
это не для красивых женщин.

Маркиза Помпадур.

ГЛАВА 37

Превратности

Несмотря на свои шестьдесят пять лет, графиня Агнес уже несколько дней ощущала себя юным созданием, полным сил и здоровья. Обычно степенная и даже чопорная, она суетилась и порхала по замку наравне с прислугой. То из комнат, то с лужайки раздавался ее постоянно недовольный требовательный голос.

— Бенэ, Бенэ, сюда, сюда надо поставить! Ах! Ну не так все! — сердилась графиня. — Ну почему вы все такие бестолковые? Ладно, брось, оставь как есть, пока не сделала еще хуже. Пойдем, пойдем теперь к бассейну. Захвати ожерелья.

Она энергичной походкой направилась в парк. Горничная с тяжелой громадной корзиной, полной дешевых ракушечных ожерелий, едва поспевала за госпожой. Шуршание колес подъезжающего к парадному подъезду замка автомобиля заставило графиню остановиться.

— Фрэнсис приехал! — радостно воскликнула она и резко поменяла маршрут, устремившись навстречу крестнику ее любимого братца Генриха.

Горничная тяжело вздохнула, поставила корзину на траву и крикнула вслед хозяйке:

— Госпожа! А мне-то что прикажете дальше делать?

— Иди к бассейну и жди меня там, — повелительно ответствовала госпожа. — Да смотри, без меня ничего не начинай!

Она говорила уже машинально. Все ее внимание было уже там, у парадного подъезда, рядом с гостем.

— Как я могу без вас начать, когда даже не представляю, чего начинать-то надо? — сердито пробурчала горничная и, взвалив на себя корзину, поплелась к бассейну.

— Дорогой! Как я рада! Ты очень вовремя. Я здесь совсем закрутилась, — превратила приветствие в жалобу графиня, подставляя щеку для поцелуя Фрэнсису Гилби.

— Я счастлив, что ты ожила, — полунебрежно-полупочтительно чмокнул графиню Фрэнсис и шутливо погрозил ей пальцем. — Но, дорогая моя, ты зря не наняла устроителя. Уверен, твоя фантазия уже припасла нам массу сюрпризов, но никого не подпускать к такому обширному мероприятию, прости, графиня, в твоем возрасте...

Графиня нетерпеливо перебила его:

— Фрэнсис, это будет чудо! Чудо что за карнавал! У меня восемнадцать внучек и четыре правнучки, и все они хотят гордиться своей бабушкой. Ну скажи мне, какой устроитель знает об их вкусах, желаниях и, главное, мечтах? Только я! Я знаю об этом! Мои девочки, мои принцессы, мои благоуханные орхидеи.

— Ты могла бы поправлять его сценарий по своему усмотрению.

— Ах, Фрэнсис, не говори глупостей. Это лишь добавило бы мне хлопот. К множеству бестолковых еще присоединился бы и устроитель, который, конечно же, считал бы себя высоким профессионалом и все делал бы не так, как я хочу. Лучше пойдем, поможешь мне советом.

Фрэнсис рассмеялся.

— Разве ты уже прислушиваешься к советам? — шутливым тоном спросил он.

— Нет, конечно, — с гордостью заявила графиня и нетерпеливо добавила: — Ну пойдем, пойдем, мне не терпится похвастаться! Я там такого нафантазировала! Только девчонкам ни слова. Смотри не проболтайся. Уж они будут тебя пытать. Особенно Алиса. Ты в курсе, что она в тебя влюблена?

Гилби поразился:

— Нет. Слышу впервые.

— Она сейчас живет у Бенэ под присмотром, — горестно сообщила графиня. — Это почти арест. Мне очень жаль девочку, но когда она, рыдая, призналась, что ревнует тебя к Розмари, к твоей законной жене, пришлось прибегнуть к таким жестким мерам. Первая любовь самая сильная и мучительная. Разве ты не заметил, что Алиса не может глаз от тебя оторвать?

Фрэнсис Гилби фыркнул:

— Почему в меня влюбляются только уродки?! Умоляю, только Розмари об этом не говорите, — попросил он, молитвенно сложив ладони.

Графиня рассердилась:

— Фрэнк, глупостей не мели, Алиса скоро станет красавицей. Ой, заболталась с тобой, а у меня много дел. Мои крошки ждут не дождутся назначенного дня. Весь город соберу! Это будет не праздник! Нет! Это будет...

Графиня не смогла подобрать нужных слов и махнула рукой:

— Впрочем, скоро увидите сами.

— Розмари сказала, что ты пригласила слишком много детей, — сообщил Фрэнсис.

Он знал, что графиня недолюбливает его жену, поэтому постоянно и старательно культивировал это чувство в ней, чтобы Розмари не узнала о его похождениях. Увы, вместе со знатью в замке графини собирались и все великосветские сплетни.

Как Фрэнк и планировал, графиня рассердилась.

— В прошлом году твоя Розмари сказала, что я пожадничала для внуков, — ядовито проворчала Агнес.

Они уже подошли к бассейну. Графиня нервничала. Тон ее был недовольным, но не тем добродушным недовольством, которым она изводила прислугу уже несколько дней. Теперь это было раздражение на Розмари. Графиня, не желая ругаться с Фрэнсисом, искала, на ком бы сорвать зло.

— Где же Бенэ? — раздраженно спросила она.

Графиня остановилась около искусственного деревца, которое собиралась украсить ожерельем, словно новогоднюю елку гирляндами. Она придумала сложную, но, как ей казалось, увлекательную игру. В этой игре ожерелья были гвоздем программы.

— Бенэ! — позвала графиня и досадливо поморщилась. — Куда она подевалась?

Фрэнсис почувствовал, что настроение графини резко испортилось, следовательно, Розмари не будет приглашена на праздник. Сделав свое дело, он решил под благовидным предлогом поскорей удалиться.

— Дорогая, прости, я спешу. И потом, мне тоже не хочется лишать себя сюрприза. Лучше дождусь семейного карнавала, — сказал он.

— Да, да, дорогой, не стану тебя задерживать. Можешь идти.

Гилби поспешно поцеловал графиню и, пожелав ей удачи и здоровья, стремительно направился к автомобилю.

— Фрэнк! — вдруг окликнула его графиня. — Постой!

Он остановился и испуганно взглянул на Агнес.

— Да, дорогая.

— Я не поняла цели твоего приезда.

Гилби вздохнул с облегчением и сказал:

— Хотел предложить свою помощь, но вижу, здесь и без меня все чудесно.

— Спасибо, мой добрый мальчик, — потеплевшим тоном ответила графиня. — Удачи тебе. Встретимся уже на празднике.

Она быстро пошла по дорожке вдоль бассейна, оглядываясь по сторонам и сердито приговаривая полушепотом:

— Попал под пяту к жене. И признать это не хочет. Потому и гуляет. И кто бы от Розмари не загулял? Бенэ! — вдруг закричала графиня. — Ни ее, ни корзины! Куда же могла подеваться эта глупая девчонка?

Она направилась в сад. На дорожке лежало ракушечное ожерелье.

«Бенэ проходила здесь, — подумала графиня. — Но кто ей позволил? Я же приказала ждать возле бассейна».

Она шла по парку, подслеповато щурясь и присматриваясь к кустам. Вдруг из деревянного домика, в котором хранился садовый инвентарь, донеслись какие-то шорохи. Графиня, сама не понимая отчего, ощутила беспричинный ужас. Словно вот-вот должна была свершиться страшная, непоправимая беда.

«Что-то я не видела Жозефа, — с подозрением подумала графиня. — Ох, не к добру это», — заключила она.

Жозеф был высок, строен, силен и красив. Несмотря на свои тридцать пять лет, жениться он не собирался, потому что женщин презирал и не боялся их только в постели. Если женщину, ввиду ее положения или по другим причинам, нельзя было соблазнить, Жозеф робел, терялся и не знал, о чем с ней говорить. Он тут же начинал заикаться, от чего приходил уже в полное замешательство и готов был провалиться сквозь землю.

Он рос с мачехой. Та ему с детства внушила, что он красивый болван, будущий кобель и жеребец. Она не стеснялась в выражениях, стараясь больнее уколоть пасынка. Это была месть за многочисленные измены ее мужа, отца Жозефа. Ей удалось убедить бедного парня в том, что в обществе женщин ему лучше рта не раскрывать: лишь так можно скрыть его глупость.

Красота Жозефа и напускная пренебрежительность к слабому полу почему-то привлекали женщин с повышенной сексуальностью. Они сами вешались к нему на шею, и он всегда знал, что с ними делать. Он был груб и дик. Им это нравилось. Жозефу тоже. В такие минуты он чувствовал себя мужчиной.

Жозеф работал у графини младшим садовником уже восемь лет. Он недолюбливал ее, как и всех женщин, но работа ему нравилась. Графиня была довольна им. Он не получил специального образования, но так обожал растения и был так трудолюбив, что графиня терпела его своенравный характер.

В домике Жозефа одна за другой перебывали все молоденькие горничные. Он не слишком-то церемонился с ними, но девушек привлекала странная необузданность садовника.

С Бенэ было совсем не так, как с остальными. Когда Жозеф впервые увидел ее, она была девственницей. Красота ее соперничала с робостью. Он тут же попытался соблазнить девушку, но та расплакалась и призналась, что хочет этого, но боится.

— Чего же ты боишься? — удивился тот. — Это очень приятно.

— Да, мне говорили, — потупившись, лепетала Бенэ, — но вы такой красивый и умный, вы такой опытный, а я ничего не знаю. Я даже разговаривать с вами боюсь. У вас, наверное, было столько девушек! Где уж мне сравниться с ними. Я, пожалуй что, и не сумею.

Сообщением об уме Жозефа Бенэ, сама того не подозревая, покорила сердце садовника. Он проникся к ней таким чувством благодарности, какое испытывал, разве что «общаясь» с навозной кучей во время подкормки любимых роз.

Он с одобрением посмотрел на девушку и сказал, стараясь придать своему голосу нежные интонации:

— А тут и уметь-то нечего, задирай юбку и ложись на пол. Мне нравится на полу. Остальное я тебе покажу сам.

Таким образом, Жозеф тайком от графини взял Бенэ под свое покровительство. С ней он общался охотно и чувствовал себя не жеребцом, а настоящим мужчиной. Бенэ, открыв рот, слушала и глупости Жозефа, и его разумные рассуждения с одинаковым восторгом.

— Какой ты умный! — искренне восхищалась она. — А какой смелый и независимый! Ты знаешь, я заметила, тебя побаивается даже сама графиня.

Жозеф верил Бенэ и после каждого такого сообщения яростно задирал ее юбку и предавался любви со всей благодарностью, на которую только был способен. Девушка оказалась ненасытной и не упускала ни одного подходящего момента.

— У нас с тобой настоящая любовь, — гордо сообщала она Жозефу после очередного приступа сексуального неистовства. — Это правда, что в твоем домике бываю только я одна?

— Точно, — искренне подтверждал Жозеф, вспоминая, что кухарка любит заниматься этим в погребе на винной бочке, а остальных он водит к реке, подальше от глаз старшего садовника.

Только Бенэ сама заявляется к нему в домик, и Жозеф, конечно же, к ее услугам в любое время. Бенэ он не может ни в чем отказать.

Впрочем, завидев его, она воровато оглядывается по сторонам и, если в поле зрения никого нет, тут же задирает юбку. Она даже трусики перестала носить, чтобы не терять даром время. Жозефу это очень нравилось. Он любил экономить время.

Графиня считала Бенэ робкой и скромной девушкой, потому и доверяла ее хлопотам Алису всякий раз, когда девочка приезжала в поместье на каникулы.

И вот теперь, услышав непонятные звуки, графиня с плохими предчувствиями приблизилась к домику. Сердце ее готово было выскочить из груди.

— Чего я, глупая, так испугалась? — шепотом успокаивала себя графиня. — Нет же никаких причин.

Но нервы ее напряглись до предела, словно она уже заранее знала, что в домике этом находится, по крайней мере, ужасный, обезображенный труп, если не сам дьявол. Звуки стали громче. Графине захотелось повернуться и убежать подальше от этого домика. Однако она себя пересилила и заглянула в щель, образовавшуюся между рассохшимися досками.

Руки Бенэ были связаны у запястий и зацеплены за один из крюков, на которых обычно висел садовый инвентарь. Тело девушки содрогалось. Она кричала и кусала губы. Щель была мала, поэтому графиня видела лишь лицо Бенэ, ее руки и часть груди.

— О господи! — отшатнулась она. — Что там происходит? Надо позвать на помощь!

Войти в домик одна графиня боялась и стояла в нерешительности: звать на помощь прямо отсюда или бежать к флигелю прислуги?

— О! Нет! Нет! — раздался отчаянный вопль Бенэ. — Пощади! О! Я сойду с ума!

Графиня набралась храбрости и, приоткрыв дверь, заглянула внутрь.

Бенэ действительно висела на крюке, зацепившись за него связанными запястьями. Но зад ее был бесстыдно обнажен и отдан в полное распоряжение Жозефа, который, обхватив бедра девушки, энергично погружался в ее беззащитное лоно.

— Кошмар! — завопила графиня, чем едва не довела садовника до разрыва сердца. — Вы оба уволены! — крикнула она и, пылая, вылетела из домика звонить Доферти.

Впечатленная происходящим, целомудренная графиня в голове уже рисовала ужасающие картины того, что может проделать с невинной Алисой ветреный Фрэнсис. Учитывая первую любовь девушки, Алиса способна сама его соблазнить.

Вернувшись в замок, графиня вызвала «безбожных развратников» и учинила им хитрый допрос. Каково же было ее изумление, когда Жозеф наивно признался, что Алиса сама ночью пришла к нему в комнату, залезла в постель и попросила всему научить.

— Пришлось учить, — повинился садовник, — не мог же я отказать госпоже.

От такого известия графиня едва не лишилась чувств.

Рыдая и приговаривая «я, старая дура, девочку не уберегла», она позвонила Доферти и потребовала, чтобы он срочно приехал и забрал Алису к себе.

ГЛАВА 33

Две помолвки

*Великие не должны совершать
маленьких ошибок.*

Маркиза Помпадур.

Наступившие перемены в жизни Тураевой не выбили ее из колеи. Она умела сочетать приятное с полезным, поэтому каждодневные праздники, которые щедро устраивал Александр, не вредили ее работе. Со свадьбой она тоже не стала спешить, решив, что Алена должна отвыкнуть от отца, привыкнуть к новой жизни и полюбить Александра. Альбина желала гармонии, которую может разрушить ревность Алены. Как психолог, Тураева понимала, что дочь испытывает благодарность к Александру и восхищается им, но любит она отца. Девочка пока не хочет видеть Олега, но время лечит: обиды забудутся, душа потянется к папочке.

Сама Тураева уже испытывала противоречивые чувства. Сказка, в которую ее погрузил Александр, не дала ей ощущения победы. Брошенная Олегом, Альбина не могла чувствовать себя победительницей.

Она себя спрашивала: «Чего ты хочешь? Отказаться от роскоши и красавца? Хочешь вернуться к нищему неудачнику мужу?»

Нет, Тураева этого уже не хотела. Она хотела мести, но как отомстить Светлане и Олегу одновременно? Разлучить их? Но как? И будет ли их расставание местью? Допустим, Олег падет на колени, попросит прощения, захочет вернуть семью, но Альбина отвергнет его. Да, это месть, но лишь для Олега. Где гарантии, что Светлана не вздохнет с облегчением, избавившись от надоевшего простого мужчины?

«Как ей отомстить?» — гадала Тураева.

Нельзя сказать, что подобные мысли мешали наслаждаться жизнью, но ощущать себя победительницей в полной мере они не давали.

Тураева сократила свои встречи со Светланой, но полностью не отказалась от них по двум причинам. Она хотела знать, что происходит в жизни бывшего мужа, при этом она еще больше беспокоилась за его жизнь. Теперь он мог жениться на Светлане, мог войти в ее круг, а там его ждала смерть.

Погрузив в гипноз супругов Петровых, Альбина выяснила, что у него есть любовница, а она ему изменила в Монако с молодым аниматором. Это была самая «ценная» информация, которую удалось извлечь из высокопоставленной пары. К смертям мужей Светланы Петровы отношения не имели.

Теперь каждую субботу Тураева ходила в пентхаус Светланы как на работу. На дне рождения Максима гостей было много: одного за другим Альбина отсекала подозреваемых, но страх за Олега ее не покидал.

Движимая этим страхом она предложила:

— Светлана, а можно каждую субботу принимать по несколько пар? Иначе расследование наше слишком затягивается. Кстати, не было новых покушений?

— Не было, я бы сказала. Хорошо, буду приглашать друзей на обед и ужин. Вы справитесь работать в таком режиме? Останетесь без выходного, — печально усмехнулась Светлана.

— Нестрашно, — отмахнулась Альбина и призналась: — Ваша Алиса меня интересует все больше и больше. Неужели никак нельзя ее пригласить?

— И звонила, и приглашала, и обещания получила. Что я могу поделать, если большую часть времени Алиса живет за границей? Остается лишь ждать, — посетовала Светлана.

Протестировав под гипнозом всех гостей и не дождавшись Алисы, Тураева опять была недовольна. Теперь она беспокоилась о том, что слишком надолго рассталась со Светланой: Алиса все еще была недосягаема, причины для их встреч не было. У Светланы все сладилось с Олегом, в советах психоаналитика она не нуждалась, о чем прямо сказала Тураевой. Обе они теперь были уверены, что убийца Алиса. Оставалось лишь под гипнозом добиться от Алисы признания.

Альбина не могла спокойно дожидаться приглашения Светланы. Теперь она почти каждый день ей звонила сама и спрашивала:

— Алиса не появилась?

Та отвечала:

— Приезжала на пару дней, но встретиться со мной не смогла и снова уехала.

— Если приедет опять, договаривайтесь с ней на любой день и час. Все брошу и проведу сеанс гипноза, — беспокойно попросила Альбина и, не удержавшись, спросила: — Как ваши дела с Олегом?

Светлана радостно сообщила:

— Чудесно! Он развелся с женой, мы счастливы, а теперь еще его бизнес в гору пошел. Он уже дарит мне дорогие подарки.

— Бизнес успешен благодаря вам? — поинтересовалась Тураева.

— Ни в коем случае. Олег много работает с большим вдохновением, отсюда плоды. Бизнес его расширяется.

Альбина ревниво осведомилась:

— Кто же раньше мешал ему работать с большим вдохновением?

Светлана словоохотливо объяснила:

— Олег говорит, что мешала жена. Уж что она делала с ним, я не знаю, но рядом с ней он был подавлен. Ему жить не хотелось, а работать тем более. Он охотно уходил из дому, но на работе все валилось из рук, нападала лень. Домой возвращался, словно на казнь. А рядом со мной он весел и полон сил, чувствует себя настоящим мужчиной. Он часто мне говорит: «Горы сверну ради тебя». Оказывается, это очень приятно — жить с обычным мужчиной. Деньги его не испортили. Он постоянно думает обо мне, шлет эсэмэски, цветы, признается в любви. Я счастлива! Если бы не опасность убийства, я бы сказала «да».

— Вы о чем? — похолодела Альбина.

— Олег зовет меня замуж. Понять не может, почему я тяну. Деньги на приличную свадьбу есть, любовь есть, желание быть вместе есть. Короче, Олег недоумевает, что меня останавливает. Я выкручиваюсь, как могу, но он настоял, мы уже обручились. Коленопреклоненно просил моей руки, надел на палец дорогое кольцо. Осталось наметить день свадьбы.

— Рада за вас, — с трудом выдавила из себя Альбина и отметила: — Похоже, вы зря беспокоитесь. Похоже, Алисе сейчас не до вас, раз прекратились убийства. Она и раньше так редко бывала в Москве?

— Раньше она тоже много путешествовала, но не избегала меня. Такое впечатление, что у нее что-то там не срастается. И раньше она значительно больше времени проводила в Москве.

— А почему вы решили, что она вас избегает?

— Потому что, когда ей звоню, она мне не отвечает.

Тураева забеспокоилась:

— Может, она что-то подозревает? Может, насторожилась?

— С чего это? — удивилась Светлана. — Мы с ней практически не общаемся. Думаю, она испугалась, что вместо меня едва не убила жену префекта. Идет следствие, я свидетель, меня уже и опросили, как все случилось. Следователь сказала, что, если бы я не была лучшей подругой Ольги, меня взяли бы под подозрение. Представляете, как они роют? Вот Алиса и затаилась.

— Да, похоже, вы правы, — согласилась Тураева и заключила: — Что ж, нам остается лишь ждать. Будем на связи.

Этим вечером Альбина позвонила Александру и попросила забрать ее с работы пораньше. Едва войдя в пентхаус, она отпустила прислугу и, демонстрируя страсть, набросилась на него с поцелуями. Он охотно откликнулся на ее жаркий порыв. Когда оба, разгоряченные любовью и ласками, откинулись на подушку, Альбина нежно и мечтательно прошептала:

— Я согласна.

Александр опешил:

— Согласна что?

— Стать твоей женой, — улыбнулась она и пояснила: — В чувствах своих мы уверены, нет смысла тянуть. К тому же хочу поскорей забрать сюда дочь. Мне тревожно, что моя девочка живет в квартире одна. Если поженимся, ее можно будет забрать, а сейчас не могу. Ты для нее чужой дядя, а должен быть муж ее матери.

— Ты словно уговариваешь меня, — удивился Александр. — Сама знаешь, что я с нетерпением жду того дня, когда смогу законно назвать тебя только моей. Завтра же приступаю к подготовке пышного обручения. Закажу лучший ресторан, разошлем приглашения, будет много гостей...

Альбина его нежно прервала:

— Милый, я уже знаю, что ты волшебник. Наше обручение будет не праздник, а сказка, я в этом уверена!

ГЛАВА 34

Тени прошлого и немного гипноза

*Даже женщины могут быть правы
и давать хорошие советы.*

Маркиза Помпадур.

Светлане нравилась ее новая жизнь. Олег ее окончательно очаровал своей искренностью, душевностью, нежностью и заботой. Она видела, с какой неохотой он уезжает по делам, думая постоянно о ней. Это было видно по его эсэмэскам и смайликам, которыми он ее засыпал в течение дня, по его улыбке при встрече. Любое его движение в сторону Светланы, любое слово, прикосновение, взгляд — все было пронизано бесконечной любовью. Такой гармонии в отношениях не было даже с Максимом, хотя Светлане когда-то казалось, что, кроме первого мужа, по-настоящему она никого не любила. Теперь же, вспоминая, как много дел у Максима оказывалось, как часто он ее оставлял, погружаясь в свою закрытую от женских глаз мужскую ауру развлечений, Светлана прозрела: «Я была лишь частью его разнообразия, Олег же отдался мне весь, без остатка».

Светлана оторвалась от светской жизни, перестала посещать Тураеву, свидания с Олегом превратились в уютные семейные вечера и выходные дни. Свободного времени появилось много, и проводила его Светлана с подругой, которая этому была несказанно рада. Теперь они с Ольгой виделись часто, как в юности, щебетали, делясь своими женскими радостями. Ольга выздоровела. Когда с нее сняли повязку, она с гордостью показала шрам под грудью и пошутила:

— Бандитская пуля.

Светлана неожиданно для себя наклонилась и поцеловала ее в этот шрам. Ольга смущенно и растроганно пролепетала:

— Уже не больно совсем.

На глаза ее навернулись слезы.

— А как твоя жизнь с Олегом? — поспешно спросила она, меняя тему.

Светлана преобразилась.

— Я счастлива, — просияв, призналась она.

— Надо же, не остывает любовь, — подивилась подруга.

— Не остывает. Даже крепче становится. Олежа уговаривает меня стать его женой, но я пока не спешу. Да и что дает этот штампик в паспорте?

Ольга изумилась:

— Как это «что»? А месть сестре? Только представь, у нее практика, масса клиентов, дочь и портфель документов. Вряд ли она отважится менять фамилию на девичью. Слишком уж это хлопотно. Так и будет жить Тураевой. А ты всегда легко меняла фамилии. Когда ты станешь Тураевой, она от злости умрет. Кстати, почему ты до сих пор ей не рассказала, за что она пострадала?

Светлана грустно призналась:

— Альбина никогда не узнает, что она моя сестра.

— В чем же месть заключается? — огорчилась Ольга. — Я уже представляла, как ты ей напомнишь тот день, когда они с мамашей ее, дворняжкой, тебе дверью пальцы ломали. Тут бы и огорошить ее вопросом: «Ну как, сестричка? Приятно, когда уводят мужей? Получай ответочку».

Светлану умилило простодушие Ольги.

— Я так и планировала, — призналась она, — но теперь это невозможно. Я влюбилась в Олега, он дорог мне. Я жить без него не могу. Если Альбина узнает, что мы сестры, она расскажет Олегу, что я с ним познакомилась из-за мести. Представляешь, как это ударит по нашим с ним отношениям. Он будет в шоке, он перестанет мне верить. Он думает, что наше знакомство с ним не просто случайность, а счастливая рука судьбы. Если он узнает, что наша встреча подстроена, я даже представить себе не могу, что будет. И учти, Альбина психолог. Уж она сумеет вселить в него массу сомнений и подозрений.

— Да, — расстроилась Ольга, — выходит, месть не доведена до конца. Очень жаль.

Светлана, хитро улыбнувшись, сказала:

— Это уже неважно. Я счастлива так, как никогда не была. Это главное. Альбина когда-то принесла мне много горя, теперь благодаря ей я на вершине блаженства.

Вернувшись от подруги домой и поджидая с работы Олега, Светлана вспомнила маму и пожалела, что не может поделиться с ней своим счастьем.

Воспоминания вернули ее в тот день, когда мама уезжала в Америку. Со слезами на глазах вспоминала Светлана, как уговаривала ее мама уехать с ней, как благородна она была в своем молчании об измене отца. Отец же был далек от благородства. Он успел поговорить с дочерью, сообщив ей, что Сесиль уезжает к бывшему мужу. Ох, как разозлилась тогда Светлана. Отец убеждал ее, что частые поездки Сесиль в США были изменами. Она рвалась к Генри.

Тогда Светлана верила отцу, но унижать упреками маму не стала: лишь сказала, что не хочет в Америку. Сесиль еще долго, уже из Нью-Йорка, пыталась убедить дочь приехать, пока не услышала от Светланы: «Я выбрала папу». После этого разговора мама исчезла. Найти ее не удалось. Видимо, дочь ее сильно обидела, потому что ни один из родственников Сесиль не дал Светлане даже номера ее телефона, об адресе она уже и не мечтала.

Лишь сейчас, окунувшись в прошлое, Светлана поняла, как жестока она была с матерью. О каких изменах шла речь, если Сесиль ездила в США только с дочерью?

«Мы же с мамой не расставались, — вспоминала Светлана. — Рядом с нами были лишь наши родственники: братья и сестры мамы, их дети, дядюшки, тетушки. Один только раз к нам заглянул мужчина, пожилой, убеленный сединами».

Перед глазами Светланы мелькали картинки из прошлого: как это было. Мама повезла дочь в Лос-Анджелес. Они собирались на аттракционы в Диснейленд, хотели посетить «Мир приключений», «Сказочный мир» и «Мир животных». Остановились в отеле. Рано утром Светлана слышала сквозь сон, как мама долго с кем-то разговаривала по телефону. Потом в их номер пришел мужчина. Он долго в чем-то убеждал маму. Светлана вскочила с кровати и прижала ухо к щели в двери.

— Сесиль, я настаиваю, давай сделаем это ради моего спокойствия, — раздавался незнакомый мужской голос, очень низкий и хрипловатый.

— Ты зря беспокоишься, это лишнее, — упрямилась мама.

— Сесиль, я читаю в газетах жуткие вещи про эту Россию. Там грабят прямо на улице, там цыгане гипнотизируют людей и обворовывают квартиры. Я тебя умоляю, давай это сделаем ради моего спокойствия. Это никак не отразится на здоровье и психике девочки. Даже больше скажу, она станет сильней и уверенней. Я уже договорился и даже заплатил огромные деньги. Неужели ты откажешь мне в этой маленькой просьбе, Сесиль.

— Ну хорошо, — сдалась мама. — Мы поедем, но только если это не займет много времени. Я обещала нашей принцессе Диснейленд.

— Не больше часа, нас уже ждут, — обрадовался мужчина.

Сесиль постучала в спальню дочери и спросила:

— Солнышко, ты проснулась?

Светлана метнулась к кровати и пропищала:

— Да, мамуля.

— Тогда одевайся и выходи. У нас гость.

Светлана принарядилась для Диснейленда, заплела косички и вышла в гостиную. На диване сидел очень пожилой мужчина и умиленно смотрел на девочку. И вот в этот момент ее воспитанная и даже церемонная мама допустила оплошность, которая и заставила Светлану запомнить этот эпизод ее жизни.

Мама сказала:

— Доченька, господин Доферти отвезет нас к своему другу, а после этого мы поедем туда, куда собирались.

Светлана изумленно посмотрела на маму и подумала: «Она меня не представила дяде, и дядю мне не представила, а сказала так, словно мы с ним знакомы. Что сегодня случилось с мамочкой? Наверное, этот дядя, этот Доферти, ее сильно расстроил, раз она забыла об этикете, чего с ней никогда не бывало».

Потом их отвезли в большой и красивый дом с чудесным, утопающим в цветах парком. Их встретил строгий мужчина. Доферти вышел из своего кабриолета, сказал ему пару слов, после чего мужчина позвал Светлану.

Мама шепнула:

— Иди с дядей, мы с господином Доферти подождем тебя в автомобиле.

Вернувшись в настоящее, Светлана подумала: «Это был единственный случай, когда я видела маму с мужчиной, да и то со стариком. И этот Доферти не оставался с ней наедине. Разговор их я слышала, о любви они не говорили. И вернулась я сразу, мама и Доферти сидели в кабриолете, причем он за рулем, а мама на заднем сиденье. Потом этот Доферти отвез нас в Диснейленд, и больше я его никогда не видела».

— Здесь какая-то тайна! — вдруг осенило Светлану.

Ее мысли потекли в другом направлении: «Теперь я уверена, именно в тот день мне поставили блок от гипноза. Да-да, именно об этом просил старик Доферти мою маму. Но кто он нам? Почему он так обо мне беспокоился? Почему едва не прослезился, когда прощался с нами? Он так смотрел на меня, словно я ему родная! Но я своего дедушку знаю, он не Доферти».

Размышления Светланы были прерваны телефонным звонком. На экране айфона появился портрет Алисы.

— Искала меня? — спросила она.

— Уже обыскалась.

— Прости, вся в делах. А что хотела?

— Хотела встретиться по важному делу. Для тебя по очень важному делу, — солгала Светлана.

Алиса клюнула на наживку и сообщила:

— Могу встретиться прямо сейчас. Вечером опять уезжаю.

— Давай сейчас. Я не дома, но мигом лечу. Если что, подожди.

Светлана позвонила Тураевой:

— Алиса уже едет ко мне. Вы сможете?

— Немного не вовремя, у меня торжество намечается, хотелось быть свежей, но я приеду. Выезжаю, пробки, сами понимаете.

— Я задержу Алису, — пообещала Светлана.

Все сложилось удачно. Тураева со своими пробками приехала раньше Светланы. Вдвоем они поднялись на лифте в пентхаус. Вскоре и Алиса примчалась. Тураева посверлила Алису взглядом, та воскликнула:

— Ой, голова-то как разболелась!

Альбина уже заученным тоном:

— У меня есть таблетки, Светочка, принеси, в сумочке, в правом кармашке.

Светлана метнулась, протянула Алисе таблетку, та приняла, запивая водой, и спросила:

— Девчонки, по какому поводу мы собрались?

Тураева начала рассказывать свои «сказки», потом в ход абракадабра пошла: в результате Алиса призналась во всем. Вспомнила все грехи, от которых Светлана обхохоталась. Каких приключений с Алисой только не было, в каких переделках она только не побывала. Все было, кроме убийства мужей.

— Ну, что с ней делать? — опираясь на кресло одной рукой, а другой подбоченясь устало, спросила Тураева. — Голову могу дать на отсечение, что Алиса не владеет гипнозом, мужей ваших не убивала и никого не нанимала их убивать. Она вообще не в курсе ваших проблем.

— Это точно? — недоверчиво поинтересовалась Светлана.

— Точнее некуда, — вытирая со лба пот, сообщила Альбина и со вздохом добавила: — Ох и вымотала она меня. Какой же у нее в голове беспорядок. Так что с ней делаем? Отпускаем?

— Отпускаем.

Тураева щелкнула пальцами перед глазами Алисы, та очнулась и затрещала:

— Он повез меня в Альпы, а я их терпеть не могу.

— А она все свой рассказ продолжает, — шепнула Альбина Светлане. — Если хотите — слушайте, пришлось надолго ее зарядить, а я пойду. Гипноз плохо отражается на моей внешности.

Светлана пошла ее провожать. У лифта они пошептались.

— Вы всех друзей перебрали? — спросила Тураева. — Никого не забыли?

— Всех. У меня есть фотографии, хотите взглянуть?

— Нет, не сейчас. Меня что-то качает.

— А как же теперь быть? — растерялась Светлана. Альбина отмахнулась:

— Потом. Все потом. Я подумаю и вам позвоню.

ГЛАВА 35

Последняя воля

Смерть – это освобождение.

Маркиза Помпадур.

Доферти умирал так, как прожил свою длинную жизнь: красиво и благородно. За сто с лишним лет он познал много радостей и страданий. Говорят, что у входа в долину смертной тени перед глазами человека проносится вся его жизнь. С Доферти этого не происходило: на краю могилы он думал только о будущем своей любимой Сесиль. В ее шестьдесят она была так же стройна, как в восемнадцать. Время пощадило Сесиль, добавив ее красоте возвышенности и шарма. Она не отходила от постели мужа. В то время, когда Доферти беспокоился о ее будущем, Сесиль почему-то вспоминала их прошлое. Не о себе она переживала — о дочерях, судьбы которых были сложны.

Из минувшего в память Сесиль прилетело известие о ранней беременности Алисы. Сесиль тогда металась в Москве от страданий. Она не могла улететь в США, окружая заботой Светлану, лежащую в больнице с воспалением легких. Душа Сесиль разрывалась в желании быть рядом с Алисой, не покидая Светланы.

«Как витиевато складывалась жизнь малышки», — сидя у постели мужа, вспоминала Сесиль те непростые дни, когда Доферти примчался по зову графини и забрал Алису в Нью-Йорк.

Жизнь показала, что этот шаг был решающим в судьбе девочки. Розмари, не приглашенная графиней на карнавал, затаила обиду и злобу. Она приехала в гости к Доферти и забрала Алису к себе, чему Генрих был несказанно рад. Отныне девочка не досаждала ему: все каникулы она проводила у его крестника Фрэнсиса Гилби.

Однако Розмари не остановилась на этом. Изгнанные из усадьбы графини садовник Жозеф и горничная Бенэ получили работу в семье Гилби. Таким образом Розмари мстила графине, но отомстила себе. Доферти, не скупясь, платил пластическим хирургам. После каждой операции Алиса хорошела. Приезжая на каникулы в семью Гилби, она продолжала тайно посещать постель Жозефа, который охотно обучал ее всем премудростям секса. И вот наступил момент, когда после очередной операции Алиса глянула на себя в зеркало и ахнула:

— Я красавица! Фрэнк не устоит перед такой красотой!

Да-да, Алиса не простилась с мечтой соблазнить мужа Розмари. Более того, она хотела родить ребенка благородных кровей, и ей это удалось. Когда Алиса в очередной раз приехала на каникулы, Фрэнсис приветствовал ее восхищенным взглядом. Той же ночью в парке, в кустах, Алиса его соблазнила. Теперь все дни, пока она гостила в семье Гилби, стареющий Фрэнк с нетерпением ждал волшебных ночей. Наука садовника Жозефа пошла девушке впрок.

Она ублажала любовника со всей своей страстью и мастерством. В колледж с каникул Алиса вернулась счастливая, увозя в своем чреве частичку Фрэнсиса Гилби, отпрыска знатного рода.

Узнав, что Алиса беременна, Доферти пришел в ярость. Успокаивало лишь одно: она успевала закончить колледж, не выдав семейной тайны. Диплом она получила на пятом месяце беременности, когда животик был едва заметен. К этому времени приехала в Америку и Сесиль. Она спасла дочь от гнева Доферти, решив забрать Алису в Москву. Такое решение устроило всех: Доферти, Фрэнсиса и даже Розмари, которая стоически перенесла измену мужа. На семейном совете решили, что Фрэнк признает отцовство, но лишает ребенка наследства. Розмари ни при каких условиях не желала обделять собственных детей.

Доферти понимал, что Сесиль не может забрать Алису в свою семью. Светлана даже не подозревала о существовании сестры.

«Что будет с девочкой, когда на нее свалится тайна матери? Как Георг отнесется к давно забытой Алисе? — ломал Генрих голову и наконец решил: — Алиса уже взрослая. Для начала куплю ей квартиру в Москве, на первых порах поживет там одна под присмотром Сесиль. Дам ей хорошее содержание, авось друзья подыщут ей мужа из семьи какого-нибудь посла. Русский язык она знает, блещет манерами, чем не жена для приличного парня?»

Сесиль эту мысль одобрила. Розмари с Фрэнсисом и вовсе пришли в восторг, однако восстала Алиса.

Она соглашалась уехать в Россию при условии, что родит ребенка в Америке. Доферти, Фрэнсис и особенно Розмари гневно протестовали. Однако Сесиль успокоила всех, сообщив:

— Ничего страшного не произойдет, если Алиса проведет это время в клинике под присмотром квалифицированных врачей, которых нет в России. Когда ребенок родится, я приеду и увезу дочь с собой.

Семейному совету пришлось согласиться с разумностью доводов. Алису тайно, под чужим именем, положили в фешенебельную клинику, где она благополучно родила прелестную дочь. Сесиль мгновенно примчалась, схватила на руки малютку и, восхищаясь ее красотой, воскликнула:

— Оказывается, так приятно быть бабушкой! Доченька, в России уже купили тебе квартиру. Ты будешь жить рядом со мной, а моя внученька поселится у меня на руках.

Ответ Алисы потряс Сесиль.

— Нет, мама, — жестко сказала она, — в Россию я поеду одна, а малышка останется здесь, в Америке. И по-другому не будет! Не уговорите меня, чего бы ни обещали!

От такого известия Доферти пришел в ярость, но Сесиль ему сообщила, что в ее отношениях с мужем наступил серьезный разлад.

— Георг изменился, — призналась она. — Он стал холоден и раздражителен. Когда мы со Светланой гостим в США, он предоставлен себе. У меня возникли подозрения, что Георгий живет на две семьи.

Уезжая сюда, на этот раз я наняла детектива. Боюсь, он представит мне горький отчет. Если Георгий мне изменяет, я разведусь с ним и, конечно, вернусь на родину. Поэтому пусть наша внучка остается в Америке.

Доферти, скрывая радость, сменил гнев на милость.

— Хорошо, — сказал он, — как только Алиса отбудет в Россию, я найду хорошую няньку крошке и даже поселю ее у себя, но в домике для гостей.

Все так и случилось. Алиса уехала в Россию, а Сесиль, узнав об измене мужа, вернулась на родину. Вскоре она второй раз вышла за Доферти замуж.

И сейчас, сидя у смертного одра мужа, она была в полном смятении. Ей не давало покоя, что Генрих так и не полюбил Алису. Даже когда дочь приезжала увидеть мать, она останавливалась в отеле. Хуже всего было то, что Сесиль приходилось бегать на встречи с дочерью тайком от Доферти. Пока Алиса уговаривала мать помириться со Светланой, Сесиль размышляла, как уговорить мужа помириться с Алисой.

Несмотря на конспирацию женщин, Генрих узнал об их тайных встречах. О, как он лютовал! На попытки Сесиль его усмирить он признался:

— Я не из вредности ненавижу Алису. Я вижу ее насквозь. Она притворяется человеком, а внутри этой девочки живет монстр. Толку, что хирурги сделали из нее красавицу? В душе она осталась уродом!

— Милый, как можешь ты так говорить? — поразилась Сесиль. — Алиса благородная девочка. Она хранит все наши семейные тайны. Она не мстит тебе, не вредит. Более того, она постоянно уговаривает меня помириться со Светланой и не прятаться от нее. Алиса так добра, что не может понять моей боли. Она не понимает моего упрямства и говорит, что свою дочь давно бы простила.

Доферти фыркнул:

— Это единственная правда из всего, что она говорит! В любом случае, дорогая жена, я лишаю наследства тебя и Алису. После моей смерти ты получишь хорошее содержание, а Алиса с ее дочуркой — кукиш! Ох, как я зол! Из-за этого монстра я вынужден лишать наследства родную жену!

Заметив попытки Сесиль возразить, Генрих затопал ногами:

— Слышать ничего не хочу! Хитрая и двуличная Алиса тебя обведет вокруг пальца. Она до цента тебя оберет и бросит нищей на улице! Это ты у меня добрая, наивная, но слишком гордая и обидчивая! Как можно до сих пор не помириться с нашей принцессой?! Алиса, значит, тебе нужна, а без Светланы ты спокойно обходишься? Этого я никогда не пойму! А что же твоя добрячка видится с тобой, рассказывает о том, как ищет тебя Светлана, а подсунуть ей твой адресок она не додумалась?

— Потому что я запрещаю. Девочка беспрекословно слушает мать, что здесь плохого? — удивилась Сесиль. — Она давно привезла бы Светлану, но я не знаю, о чем с ней говорить. Она меня предала. Она мне сказала: «Я выбираю отца!»

— А не ты ли меня просила наказать Георга, когда он выгнал Светлану из дома? Не по твоей ли просьбе я его разорил? Чем не повод помириться с малышкой?

— Ах, я тогда еще была на нее очень обижена. Я считала ее предательницей. Алиса никогда бы так не поступила. Она всегда выбирала меня.

— Ну да, ну да, Алиса послушная девочка. Ах, сама доброта, эта скользкая тварь! Я эту тварь и на шаг к своим капиталам не подпущу!

Сесиль насторожилась:

— А кому же ты все оставишь? Надеюсь, не в Географическое общество передашь? Генри, ты злись, да меру знай, — попросила она.

— Уж я меру знаю, — торжествуя, ответил Доферти. — Через час здесь будет семейный поверенный. Он перепишет мое завещание. На этот раз все движимое и недвижимое, всю свою финансовую империю я завещаю Светлане. Она единственная моя наследница, и это последнее мое решение. А ты, дорогая жена, из-за своей недальновидности после моей смерти будешь получать ежемесячное содержание, которое после твоей смерти вернется к Светлане. Алисе кукиш останется! Все! И больше никогда не возвращаемся к этой теме!

Сесиль послушалась мужа и ни единым словом не вспомнила о наследстве. Однако теперь, когда Генрих доживал последние дни, она подыскивала аргументы, могущие склонить его к правильному решению. Ведь Светлана очень богатая женщина, а Алиса по документам его единственная дочь. А внучка чем виновата? Разве справедливо, что девочка из знатного рода будет жить на содержание бабушки?

— Генри, послушай меня, дорогой, — попросила Сесиль, поправляя мужу подушку. — Ладно, пусть Алисе ничего не достанется, но оставь хотя бы сотую часть своих капиталов нашей внучке. Я очень тебя прошу.

Доферти не откликнулся. Он с улыбкой смотрел в потолок и молчал.

Сесиль взяла его за руку и поняла, что Генриха с ней уже нет.

ГЛАВА 36

Прозрение

Сейчас такое время - идет война всех против всех.

Маркиза Помпадур.

Все произошло совершенно случайно, но случайность эта всех напугала и потрясла. В субботу Тураева позвонила Светлане и попросила:

— Могли бы мы встретиться у вас через час?

— Конечно, — согласилась Светлана.

Она нехотя покинула снятую квартиру, которая уже превратилась в ее с Олегом гнездышко, и отправилась в свой пентхаус.

Тураеву Светлана встретила приветливо, пригласила в гостиную. Вид у Альбины был загадочный и смущенный.

Когда женщины расселись по диванам, заинтригованная Светлана призналась:

— Не ожидала вас увидеть у себя в гостях.

— Я думала, что за это время мы стали подругами, — удивилась Альбина. — Разве не так?

— Учитывая, сколько тайн я вам открыла, видимо, так, — улыбнулась Светлана.

— Тогда на правах даже пусть не подруги, а просто приятной знакомой я хочу пригласить вас на важное для меня торжество.

— Очень интересно. С удовольствием приму приглашение.

Тураева достала из сумочки дорогую открытку и протянула Светлане.

Светлана прочла и изумленно воскликнула:

— О, на свое обручение вы приглашаете меня и Олега! В такой пафосный ресторан, — приятно удивилась она и добавила: — Спасибо, я польщена. Завтра мы обязательно будем. Но мне казалось, вы замужем.

— Уже разведена, — смущенно усмехнулась Альбина, — но решила, что в моем возрасте глупо тянуть, поэтому выхожу замуж за потрясающего мужчину. Завтра сами увидите, — не удержавшись, похвастала она.

Светлана хотела произнести дежурную фразу восторга и восхищения, но в этот момент ожил ее айфон, высветив картинку Ольги.

— Ого, еще один сюрприз, — рассмеялась она, — видимо, сегодня день сюрпризов.

Ольга сообщила, что уже поднимается к ней в пентхаус.

— Бегу встречать, дорогая, — ответила Светлана и, вскакивая с дивана, пояснила Альбине: — Подруга решила заехать. Странно, обычно я к ней приезжаю. Уже забыла, когда она в последний раз у меня была.

Тураева поинтересовалась:

— Это не та подруга, на которую вместо вас покушались?

— Именно та! Сейчас я вас познакомлю!

Увидев Ольгу, Альбина подумала: «Мне она совсем другой представлялась. Это совсем не та милая и добрая женщина, какой ее видит Светлана.

На лице любезная маска, но не истинные чувства, а именно маска: мышцы напряжены. Интересно узнать, что она за этой маской скрывает?»

Желая остаться с Ольгой наедине, Тураева попросила:

— Светочка, угостите нас кофейком?

— Да, конечно, — вскочила Светлана и убежала на кухню.

Ольга завела светским тоном разговор о погоде. Альбина, делая вид, что внимательно слушает, исподлобья сверлила ее пристальным взглядом до тех пор, пока она не взялась за виски.

— Что, голова заболела? — сочувственно осведомилась Тураева, с готовностью извлекая из сумки таблетку. — Примите, хорошо помогает. Водички вам принести?

— Спасибо, — любезно улыбнулась Ольга, — вода у меня есть. Я на диете, поэтому через каждые полчаса делаю по нескольку глотков.

Она приняла таблетку и спросила:

— А что это за лекарство?

— Герпедин, очень мощное и совершенно безвредное средство. Боль снимает почти мгновенно.

— Да-да, я уже чувствую, как боль утихает.

Тураева, выждав минуту, начала тихим, спокойным голосом рассказывать Ольге историю, в которой слов было больше, чем смысла. На ее удивление, Ольга не собиралась погружаться в гипноз, более того, она любезно поинтересовалась:

— Простите, повторите, пожалуйста. Я не расслышала, что вы сказали.

«Как это понимать? — мысленно изумилась Альбина. — Блока против гипноза у нее нет, это точно, она мне не сопротивляется. Просто не понимает меня. Выходит, она думает на другом языке! На каком?»

— Вы говорите по-английски? — спросила она.

Ольга кивнула:

— Конечно.

— Тогда, может, так вы меня лучше поймете, — улыбнулась Тураева и тихим, спокойным голосом рассказала историю по-английски: историю, в которой слов было больше, чем смысла.

На этот раз Ольга не задавала вопросов, а вслушивалась в слова, невольно погружаясь в гипноз. Убедившись, что она достаточно глубоко погружена в гипнотический транс, Альбина закрепила ее состояние, поставила свой телефон на запись и спросила:

— Зачем ты сюда пришла?

— Отравить сестру.

— С какой целью?

— Чтобы получить наследство отца.

В этот момент в гостиной появилась Светлана с подносом в руках, на котором дымились чашечки с горячим кофе. Увидев происходящее, она изумленно застыла. Тураева знаком ей дала указание сохранять тишину, прошептав:

— Вы можете задавать любые вопросы, только тихим спокойным голосом. Избегайте резких звуков и стуков.

— Кто ты? — мгновенно спросила Светлана у Ольги.

— Алиса Доферти, дочь Генриха и Сесиль Доферти, — бесстрастно ответила та.

— Это ты убивала мужей сестры? — спросила Тураева.

— Да.

Светлана схватилась за сердце, подумав: «Ольга моя сестра? Но почему это держалось в тайне?»

Альбина шепнула ей:

— Давайте лучше я буду задавать вопросы. Вы слишком эмоциональны, она быстро устанет и заснет, а нам, вижу, придется многое у нее выведать. Вы просто сидите и слушайте. И старайтесь не падать в обморок.

— Я в полном порядке, — заверила Альбину Светлана, после чего та приступила к работе.

Светлана сидела на диване, слушала и ничего не слышала. Ее поразило лицо подруги: чужое и отстраненное.

«О, сколько в нем ненависти! — поразилась она. — Такого лица у Ольги я никогда не видела. Она ли это?»

Это была она. Ольга рассказывала страшные вещи, которые разрывали сердце Светланы. Она не могла осознать происходящего, словно все происходило во сне. В страшном сне, в жутком кошмаре.

Закончив сеанс гипноза, Тураева подвела итог:

— Девочка-урод попала в знатную и богатую семью, всю жизнь ненавидела тех, кто о ней заботился. Ненавидела их за красоту, за богатство и знатность, за то, что вынуждена притворяться милой и любящей. Она прожила не ту жизнь, о которой мечтала, а мечтала она быть красивой и знатной, мечтала блистать в светском обществе. Эту мечту она перенесла на свою дочь, Джулию.

— Но Джулию она хотя бы любила? — упавшим голосом спросила Светлана.

Тураева, горестно покачав головой, ответила:

— Нет, конечно. Она не способна любить. Джулия редко видела мать. Ее воспитывали няньки, потом бабушка Сесиль. Ольга холодна была к дочери. Она наделила Джулию миссией осуществить ее мечту: жить в роскоши и блистать в светском обществе. В этом видела свою радость и свое наслаждение Ольга, ради этого всю жизнь притворялась. Джулия красавица из знатного рода, ей не хватало лишь денег.

Светлана со слезами спросила:

— Но почему она не рассказала мне о своей мечте? У меня нет детей. Уже и не будет. Я бы дала денег Джулии.

— Ваши деньги для Алисы Доферти — жалкие крохи. Она рвалась к финансовой империи своего отца, Генриха Доферти. Однако Генрих лишил ее наследства, написав завещание в вашу пользу. Вчера Доферти умер, сегодня она пришла вас отравить. Она ваша наследница.

— Доферти умер вчера? — растерянно спросила Светлана. — А как же все покушения и убийства мужей? Что-то у меня в голове сумбур. Я уже ничего не понимаю.

Тураева сочувственно произнесла:

— Неудивительно. Я думала, вы упадете в обморок, даже боялась истерики, что в таких случаях нормально, но вы держитесь молодцом. Ольга убирала всех ваших наследников, только поэтому она с вами дружила и всегда была рядом. Она не думала, что Доферти доживет до ста лет. Ее дочери уже двадцать восемь, Ольга в отчаянии, рушатся все ее планы. Убив вас, она собиралась убить и Сесиль. После этого она получила бы империю Доферти.

— Собиралась убить мою маму? — ужаснулась Светлана. — Этого не может быть!

Тураева потрясла айфоном:

— Записано каждое ее слово. Можете внимательно послушать. Потом, сейчас вам не стоит.

— Но Ольгу едва не убили вместо меня! — пыталась найти оправдания подруге Светлана. — Я своими глазами видела лужу крови.

— Она отводила подозрения от себя. Все покушения на вас были тоже для отвода глаз. Чтобы наверняка вывести себя из круга подозреваемых, Ольга инсценировала покушение на нее. Поэтому она так настойчиво вас просила привезти альбом. Одной пулей нанятый снайпер пробил альбом, другой пулей до этого выстрелил в свинью. Ольга старательно готовила инсценировку и советовалась с баллистами. Свиная туша идеально имитирует попадание в человеческое тело. Ольга легла на асфальт, полила себя свежей донорской кровью, положила пробитый альбом на грудь и позвонила доктору, которому хорошо заплатила. Он выслал реанимационную машину, сделал ей на груди шрам: никакой операции, разумеется, не производилось. Пулю извлекли из свиной туши, отмыли, испачкали кровью Ольги, вот и все покушение.

— Выходит, эта тварь собиралась убить мою маму? — растерянно и беззлобно прошептала Светлана. — Я в шоке.

— Вы в шоке, — подтвердила Альбина, протягивая ей таблетку, — примите-ка, милая, это. Вам станет легче.

Пока Светлана судорожно глотала таблетку, Тураева угрюмо смотрела на Ольгу.

— Что теперь делать с ней? — спросила она. — Признания под гипнозом суд не примет, но легко можно доказать, что операции не было. Кардиохирурга прижмут, он всех сдаст. Выводить ее из гипноза? Или лучше дождемся полицию?

— Что? Какая полиция? — встрепенулась Светлана. — Я не буду сажать родную сестру.

Альбина уточнила:

— Она вам не родная. Она приемная дочь, вам — совсем чужой человек, который пытается завладеть империей мужа вашей матери. Ну да ладно. Как мы поступим? Разрешим ей вас убить? Давайте хотя бы достанем из сумочки яд, который она для вас приготовила.

— Не надо ничего доставать, — запротестовала Светлана. — Давайте перенесем вашу запись на флешку и вручим флешку Ольге. Пусть она сама решает, как ей поступать.

Так и сделали. Тураева вывела Ольгу из гипноза, та надела на лицо улыбку любезности и потянулась к чашечке с кофе, словно ничего ужасного она не замышляла.

Светлана вскочила с дивана и воскликнула:

— Ой, Оленька, прости, поболтаем в другой раз. Я сама заеду к тебе, а мы с Альбиной Георгиевной сейчас должны срочно уехать. Потом тебе все расскажу. Кстати, вот здесь записано кое-что интересное для тебя. Приедешь домой, послушаешь.

Удивленная Ольга взяла флешку и, увлекаемая Светланой, направилась к лифту. На улице Светлана и Тураева с Ольгой простились и сделали вид, что ждут водителя. Озадаченная Ольга вынуждена была уехать домой.

— Она в курсе, где вы живете с Олегом? — с опаской спросила Альбина и призналась: — Как-то страшно ее отпускать.

— Не в курсе, — коротко ответила Светлана, пребывая в рассеянной задумчивости.

Тураева огорчилась:

— В свете происходящего вы, разумеется, не придете на торжество.

Светлана, словно приходя в себя, улыбнулась:

— Теперь уж точно придем. Побывав на краю смерти, как-то особенно хочется наслаждаться жизнью, веселиться, петь, танцевать.

ГЛАВА 37

Сохраняй тайну

Свою судьбу каждый находит сам.

Маркиза Помпадур.

Когда Светлана вернулась в уютное гнездышко, ее встретил тревожным вопросом Олег:

— Ты где была? Телефон отключила. Я места себе не находил.

Ей хотелось упасть на диван и плакать, метаться и от горя кричать, но, взяв себя в руки, Светлана протянула ему приглашение и спокойно сказала:

— С приятельницей встречалась.

Олег прочитал приглашение и задумался вслух:

— Пойдем или нет?

— Конечно, пойдем, — улыбнулась Светлана. — Надо пойти.

Он согласился:

— Раз надо, так надо.

— Милый, ты не обидишься, — спросила она, — если я приму снотворное и лягу спать?

Олег забеспокоился:

— Ты не заболела?

— Нет, все нормально. Просто сильно болит голова.

Спала она долго. Когда открыла глаза, Олег вздохнул с облегчением и сообщил:

— Еле тебя разбудил. Уже три часа дня. Ты не забыла, мы на банкет приглашены. На шесть вечера. Ты успеешь собраться?

— А я особо и собираться не буду, — потягиваясь и сбрасывая сон, сообщила Светлана. — Помою голову, слегка подкрашусь да платье надену. Вот и все сборы.

Олег усмехнулся:

— Вижу, тебе не так уж и важен этот банкет. Может, вообще не пойдем?

— Пойдем, — упрямо сказала Светлана и подумала: «Должна же я увидеть твою реакцию на то, как Альбине будут делать предложение руки и сердца. Вот тогда-то я окончательно и удостоверюсь, остались ли у тебя чувства к бывшей жене или нет».

Они быстро собрались и поехали на банкет. Когда вошли в зал, Олег онемел от роскоши и обилия ярких букетов, стоящих у стен в вазах и украшавших столы. Помпезная позолота покрывала лепнину стен, потолка и даже дверей. Атланты, кариатиды и лики древних богов взирали на этот праздник с едва заметной усмешкой: видимо, их забавляла сила людского тщеславия. Среди нарядных гостей бродило много знаменитых артистов, телеведущих, депутатов и генералов.

«Это уже не помолвка, а слет знаменитостей», — саркастично подумал Олег.

Внезапно шум перекрыла мелодия медных горнов, возвестивших начало действа. Двойные резные двери в конце огромного зала, блестя позолотой резьбы, медленно отворились: десять черных рабов внесли на своих плечах великолепный трон, на котором сидела Альбина. То, что это она, Олег понял не сразу — столько на ней было роскошной ткани, косметики и бриллиантов. Он посмотрел на ту, что недавно была женой, и ничего не почувствовал. Ни горечи, ни сожалений. Светлана впилась глазами в лицо Олега, а он отвел безразличный взгляд от Альбины и уставился на столы, ломившиеся от блюд, вина и закусок. Осетры, словно живые, смотрели на это действо, возвышаясь над каждым столом на золоченой подставке.

Олег подумал: «Зачем? Для чего весь этот шик? Наглая показуха, иначе нельзя назвать. Сколько потрачено денег, чтобы простая помолвка превратилась в Лукуллов пир среди византийской роскоши. Если бы все эти средства влить в мой строительный бизнес, сколько было бы пользы и мне, и людям».

Он обернулся к Светлане. Удовлетворенная его реакцией, она уже безмятежно взирала на этот безумный праздник.

Указав на Тураеву, она с интересом спросила:

— Кто там, на троне? Кого притащили рабы?

— Альбина, моя бывшая жена, — равнодушно ответил Олег и добавил: — Я сам не сразу ее узнал. Зачем мы сюда пришли? — удивился он и предложил: — Давай незаметно исчезнем.

— А давай, — согласилась Светлана.

Они вернулись домой. На обратном пути Олег был весел и много шутил. Создавалось впечатление, что с его души упал большой груз. Светлана заставляла себя улыбаться, но едва переступила порог квартиры, сникла. Мучимая мыслями о подруге, Светлана прилегла на диван и попросила Олега:

— Милый, накрой меня пледом, как-то зябко.

В этот момент зазвонил ее телефон.

В трубке раздался чужой голос Сергея.

— Оля моя умерла, — скорбно сообщил он.

— Как это произошло? — испуганно закричала Светлана.

— Вернулась вчера домой, закрылась в своей комнате и просила ее не беспокоить. Сказала, чтобы я ложился спать без нее. Выходной, я утром поздно проснулся, долго стучал в ее комнату, она не отвечала. Иногда так бывало, закроется и просит ее не беспокоить. Я подождал до вечера, потом вдруг испугался, выломал замок, а она уже холодная лежит на полу. Врачи сказали, что отравилась.

— Записку оставила?

Сергей разрыдался:

— Нет. Ничего не оставила. Зачем она это сделала? Ты приедешь? — с надеждой спросил он.

Светлана ответила:

— Извини, не могу. Заболела. В постели лежу.

И подумала: «Дожить бы до понедельника, кажется, прямо сейчас умру».

На следующий день Олег вскочил рано утром, поцеловал Светлану, сказал «спи» и умчался на работу.

Тураева тоже после пышной помолвки и пылкой ночи любви в пентхаусе отправилась в свой кабинет. Александр отвез ее на «Бентли» до офиса и поехал по делам. Альбина принимала пациентов с думами, что работу и роскошную жизнь непростой женщины все трудней сочетать. В голове даже мелькали шальные мысли: «А не бросить ли этих всех пациентов? А не пожить ли в свое удовольствие?»

К середине дня она удивилась, что не получила ни одной эсэмэски от Александра. Позвонила ему сама, но в трубке холодно прозвучало: «Номер не существует». Альбина забеспокоилась. Когда Александр не встретил ее на «Бентли» с работы, Тураева в панике вызвала такси и помчалась в пентхаус. Охранник не пустил Альбину даже в холл, она позвала управляющего. Управляющий вежливо объяснил, что аренда пентхауса прервана, а вещи Альбины упакованы прислугой в ее чемоданы.

— Что же мне делать? — растерялась она.

— Мы дадим вам машину, — успокоил ее управляющий. — Наши служащие погрузят чемоданы в багажник и отвезут их туда, куда вы прикажете.

Вернувшись домой, Альбина пыталась звонить Александру, но натыкалась на холодное: «Номер не существует». Вскоре пришла эсэмэска со ссылкой. Альбина прошла по ссылке и ахнула: это была рекламная страница Александра в соцсети. Под его фотографией было написано: «Вечеринки, праздники, веселые розыгрыши. Цена договорная».

— Так он артист! — прозрела Альбина.

Быстро набрав номер управляющего домом, она спросила:

— Вы можете мне сказать, на чье имя был снят пентхаус?

Тот ответил:

— Конечно, могу. Его сняла Светлана...

Не дослушав, Тураева бросила трубку и разрыдалась.

— Это месть, — причитала она, вспоминая, как вышла из офиса и обнаружила спущенное колесо.

Теперь становилось ясно, что «Бентли» появился не случайно: Светлана хотела, чтобы Альбина увидела, с кем изменяет ей муж.

Набрав номер Светланы, она горько спросила:

— За что? За что вы меня так наказали?

— Пусть это останется тайной, — услышала она с усмешкой в ответ.

— Ладно, вы тратите бездну денег, чтобы мне отомстить, это я еще понимаю, но зачем вы устроили бешено дорогой праздник моей дочери? — спросила Альбина.

Светлана ответила:

— Я подарила Алене свою мечту. Свое совершеннолетие я встретила не так празднично, как хотела.

— Могу я еще спросить, — начала было Тураева, но Светлана ее оборвала:

— Не можете.

Она задумчиво достала из телефона симку и сломала ее.

Месть свершилась, но на душе было скверно, очень скверно.

— Так, — приказала себе Светлана, — думаем о хорошем. Только о хорошем. У меня есть любимый Олежа. И я скоро увижу маму!

Литературно-художественное издание

ДЕТЕКТИВ-СЕНСАЦИЯ

Кирилюк Татьяна

СИНДРОМ МАРКИЗЫ ПОМПАДУР

Ответственный редактор *О. Завалий*
Художественный редактор *Р. Фахрутдинов*
Технический редактор *М. Печковская*
Компьютерная верстка *Л. Панина*
Корректоры *О. Башлакова, В. Кочкина*

Дизайн обложки ООО «Фанки Инк.»
В оформлении использованы иллюстрации художника *Евгения Антоненкова*

В оформлении обложки использован элемент дизайна:
Philips Ben / Shutterstock.com
Используется по лицензии от Shutterstock.com

ООО «Издательство «Э»
123308, Москва, ул. Зорге, д. 1. Тел. 8 (495) 411-68-86.
Өндіруші: «Э» АҚБ Баспасы, 123308, Мәскеу, Ресей, Зорге көшесі, 1 үй.
Тел. 8 (495) 411-68-86.
Тауар белгісі: «Э»
Қазақстан Республикасында дистрибьютор және өнім бойынша арыз-талаптарды қабылдаушының
өкілі «РДЦ-Алматы» ЖШС, Алматы қ., Домбровский көш., 3«а», литер Б, офис 1.
Тел.: 8 (727) 251-59-89/90/91/92, факс: 8 (727) 251 58 12 вн. 107.
Өнімнің жарамдылық мерзімі шектелмеген.
Сертификация туралы ақпарат сайтта Өндіруші «Э»

Сведения о подтверждении соответствия издания согласно законодательству РФ
о техническом регулировании можно получить на сайте Издательства «Э»

Өндірген мемлекет: Ресей
Сертификация қарастырылмаған

Подписано в печать 01.03.2016. Формат 84×108 $^1/_{32}$.
Гарнитура «MinionPro». Печать офсетная. Усл. печ. л. 18,48.
Тираж 3 000 экз. Заказ №2636

Отпечатано с готовых файлов заказчика
в АО «Первая Образцовая типография»,
филиал «УЛЬЯНОВСКИЙ ДОМ ПЕЧАТИ»
432980, г. Ульяновск, ул. Гончарова, 14

Полина
ГОЛИЦЫНА
Жена Алхимика

тайна русского нострадамуса

ДВЕ СУДЬБЫ

2016-033

КСЕНИЯ ЗАЦЕПИНА

ДЕТЕКТИВ-АНТИГРУСТИН

← ЖУЛИК

КСЕНИЯ ЗАЦЕПИНА
Благороднейший жулик,

или Мальчишкам без башенки вход запрещён

Когда внезапно наваливаются хандра и скверное настроение, на помощь приходит проверенное лекарство - книги серии «Детектив-антигрустин», которые мгновенно вызывают прилив жизненных сил, повышают тонус, рождают не только улыбку, но и взрывы здорового смеха. Отпускаются в книжных магазинах без рецепта врача.

Производитель гарантирует: Вы забудете о всех своих проблемах, пока будете читать эту книгу. И всегда помните: всё в этом мире относительно. Как говорится, один волос на голове - это мало, а один волос в тарелке супа - это много. Не грустите. Улыбайтесь, и мир будет улыбаться вместе с Вами.

КСЕНИЯ ЗАЦЕПИНА
Нежная и очень грешная

или Сколько волка не люби...

← ВОЛК

2016-076